双葉文庫

八州廻り浪人奉行

斬光の剣

稲葉稔

目次

斬光《ざんこう》の剣

八州廻り浪人奉行

第一章　御蔵前《おくらまえ》

一

冷たい霧雨が降っていた。

東海道有数の景勝地「袖《そで》ヶ浦《うら》」は雨のせいで、霞《かす》んで見える。

その朝、神奈川宿の旅籠《はたご》を出た虚無僧《こむそう》集団は、一路江戸をめざしていた。日本橋まで七里（約二十八キロ）。彼らの足なら一日とかからない。

深い天蓋《てんがい》を被り、鼠色《ねずみいろ》の着物に丸ぐけ帯を締めている。袈裟《けさ》をかけ、手甲《てっこう》に脚絆《きやはん》、二尺五寸（七十五センチ）の「長管《ちようかん》」といわれる尺八と刀を腰に差し、黙々と歩く。

一行は六人でどこからやってきたのかわからない。冷たい雨に濡《ぬ》れるうちに、鼠色の小袖が黒く滲《にじ》んできた。

歩速は緩むことがなかったが、川崎宿を過ぎた六郷川《ろくごうがわ》（現・多摩川の下流）の手前でその足が止まった。ここは船渡《ふなわたし》が必要な場所である。しかし、渡船場《とせんば》には人がたむろしているだけで、舟が動く気配はない。

虚無僧らは怪訝《けげん》に思い、船頭に訊《たず》ねた。

「へえ、今日は無理でございます。なにせ、向こうには薩摩《さつま》様の行列がおありで、足止めを食らっているんです」

彼らは互いの天蓋を向けあった。それから雨にけぶる川向こうを眺めた。確かに人集《ひとだか》りがある。だが、川は渡河できないほどの増水ではない。人足らが仮橋を架ける準備をしている。

大名行列は船渡しでなく、仮橋で渡るのか。それを待つ旅人もいるようだった。

虚無僧らはしばらく相談しあって、自分たちだけでも渡らせてくれないかと頼んでみたが、本日の渡しは禁止という触れが出ているという。

「どうしてもとおっしゃるんであれば、目こぼしをやるしかないでしょう」

目こぼしとは舟を雇わず、案内なしに渡ることである。船頭は渡河禁止の触れが出ているので罰を恐れているのだ。

「渡るしかないだろう」

虚無僧の一人がいうと、彼らは渡船場を離れ、少し上流に足を伸ばした。そこで、衣類を脱いで、川に入った。真冬の川の水は冷たい。おまけにどこが浅瀬かもわからない。うっかり深みに足を取られれば、命を落とすこともある。

そろりそろりと頭に載せた衣類と持ち物を落とさないように歩き、彼らは見事渡りきった。あとは一気に江戸に入るだけである。木の下で雨除けをして再び装束を身につけると、品川宿をめざして進んだ。

品川は賑《にぎ》わっていた。ただし、六郷川から引き返してきた薩摩藩の一行がいるので物々しい雰囲気である。足軽や人足がそこで目を光らせている。旅籠の前はとくに警護が厳しく、駕籠《かご》や毛槍《けやり》が目についた。鉄砲の手入れをしている足軽がいれば、取次役が駆けずり回っている。

馬十七騎、足軽百二十余、人足二百七十余ほどだろうか。大名は旅籠に入っているらしく、家老などの重鎮の姿も見えない。

ただ、見馴《みな》れない奇妙な衣装を着たものを何人か見かけた。この一行に琉球《りゅうきゅう》使節が含まれていたからである。しかし、虚無僧らは別段興味を示すこともなかった。

日本橋まで、約二里。

先頭を行く虚無僧が、右手に持った鈴をじゃらんと打ち鳴らし、「四打《よんだ》の偈《げ》」を唱えはじめた。

みょうとうらいみょうとうだ
あんとうだいあんとうだ

しほうはちめんらいしっぷうだ
こくうらいれんかだ

二

文化《ぶんか》五年（一八〇八）十一月の江戸は、秋の賑わいも収まり、冬支度に入っていた。

市民の話題は二年前にやってきた琉球使節が、江戸を発つ前に町を練り歩いた琉球踊りのきらびやかさだった。

もっとも彼らが「江戸上り」してきたときほどではなかったが、物見高く噂《うわさ》好きの江戸っ子が見逃すはずがない。

江戸を去る琉球使節は薩摩藩の一行とともに町を歩き、唐風の赤や金や紫で彩られた異国情緒ある衣装で、銅鑼《どら》や太鼓の音に合わせ、手を上げ足を上げて跳ねるように踊り、江戸庶民の関心を集めた。

これは「組踊《くみどうい》」という琉球独特のもので、華麗でありながら緩急自在に変化し、かつ躍動感があった。琉球使節が二年前に江戸に入府した折は、総勢百余名だったが、今回江戸を去ったのは滞留していた二十名で、まだ幾人かは江戸に在府していた。

しかし、好奇心旺盛《おうせい》なくせに飽きっぽいのも江戸っ子だから、関心を呼んだ琉球使節の噂も日一日と、次第に薄れていった。あとは、歌舞伎の顔見世興行と暮れに向かっていかに金の算段をするかに話題は変わる。

江戸は書画や歌舞伎などの文化が隆盛し一見華やかであるが、庶民の懐は押しなべて侘《わび》しく、年越しを控えると毎年のように気が重くなる。借金取りが押しかけてきて、それまで溜《た》まっていたツケを払わなければならないからだ。また、取り立てるほうも年内にはきっちり払ってもらおうと躍起になるので目の色が変わる。

払え、待ってくれの押し問答が、町のあちこちで聞かれるのもこの頃だ。

しかし、そんな世知辛《せちがら》いことには無縁なものもいる。

御蔵前の札差《ふださし》〔扇屋《おおぎや》〕の長女・きよもそんな女だ。なにしろ、金に窮することのない家柄の娘であり、そして恋をしていた。

店の二階奥の部屋で、きよは手代の秀次《しゅうじ》と抱き合っていた。

とはいっても、まだ昼下がりでもあるし、秀次は仕事の合間を縫っての逢い引きだった。

障子窓の隙間《すきま》から曇った空が見える。朝から雨もようの天気ですっきりしない。

「こうやっていると、琉球人たちの音曲《おんぎょく》が聞こえてきそうだわ」

きよは秀次の胸に頬《ほお》を当て、両手を相手の背に回してひしとしがみついている。

「わたしもだよ。昨日のことがまるでさっきのことのように頭に浮かぶんだ」

「はあ、あたしたちは考えることも一緒なのね。嬉《うれ》しいわ」

きよは秀次としばらく見つめ合った。

秀次がきよの口元にある小さな黒子《ほくろ》を指で撫《な》で、そっと顔を寄せてきた。

自然に唇を吸いあった。二人の手が重なり、指が絡み合う。

きよは抗《あらが》いもせず秀次に強く引き寄せられる。足が崩れ、乱れた裾《すそ》から白くて細いふくらはぎが覗《のぞ》いた。

「おきよさん、そろそろ店に戻らないと、変に思われます」

「いや」

引き離されたきよは、秀次に抱きついた。

「もう少しこうしていたい」

「しかし……」

「もう少しだけ。あたし、決めたの」

「なにをです」

「年が明けたら、ちゃんとおとっつぁんとおっかさんに、秀次さんとあたしのことを正直に話して許してもらおうと」

「そ、それは……」

「なに？　それは駄目といいたいの？」

きよはきらきら光る目で秀次を見つめて、首を振った。

「あたしはもう待てないわ。なにがなんでもあと一年は長すぎる。一年も明日も同じことじゃない」

「それはそうでしょうが、話す頃合いを見なければ――」

「そんなことといっていたらいつまでも埒《らち》があかないわ。あたしは、年が明けたらなんとしてもおとっつぁんを説き伏せてみせます。もし、もし駄目だったら……」

「駄目だったら？」

秀次が怪訝《けげん》そうな目で見てきた。

「あたし、秀次さんと駆け落ちします」

「はあ、おきよさん」

秀次はきよをぐっと抱きしめると、嬉しいと声をこぼした。

「そこまでおきよさんが覚悟しているとは、わたしもそれなら……」

いいかけたところで、廊下に誰かの足音がした。二人は口をつぐんで、抱き合ったまま体を硬直させた。

しかし、足音はすぐに去り、階段をとんとんと駆け下りていった。

「とにかくその話はまたあとで、わたしは仕事に戻ります。おきよさんもそろそろ迎えに行く刻限です」

秀次が体を離してささやいた。

「わかったわ。それじゃまたあとでね」

きよはもう一度秀次に頬ずりした。

先に立った秀次はそっと襖《ふすま》を開けると、顔を出して廊下の様子を用心深く窺《うかが》い、足音を忍ばせて出ていった。

残されたきよは乱れた着物を簡単に直すと、両手で頬を包み、

「さあ、そろそろ行かなきゃ」

と、立ち上がった。

店の表に出ると、冷たい風が吹きつけてきて、きよは思わず身をすくめた。風が着物の裾をひるがえし、鬢《びん》のほつれ毛をそよがせた。

雲が空にすっぽり蓋《ふた》をしているので、すでにあたりは薄闇《うすやみ》になっている。雨が降り出しそうだが、傘を持っていくのが面倒だったのでそのまま歩き出した。

きよも恋する乙女《おとめ》だが、じつは妹のきぬも一人の男に熱を上げていた。しかし、こちらは儚《はかな》くも叶わない恋だろう。相手は在府中の琉球使節なのだ。

どんなに一緒になりたくても両親が許してくれるわけがない。それに相手はいずれ琉球に戻らなければならない。

そんな妹のことを思いやって、きよは芝居に招待していた。

葺屋町《ふきやちょう》の市村座《いちむらざ》では恒例の顔見世興行をやっている。歌舞伎を見たいというのは、

妹・きぬといい仲になっている高良朝薫《たからちょうくん》のたっての願いでもあった。

市村座が近づくにつれ、きよは早く二人の楽しそうな顔が見たくなった。きっと喜んでいるに違いない。

芝居は夕七ツ（午後四時）で幕引きとなるが、今日のように天気が悪いとその時間が早まる。当時の芝居小屋の明かりは自然光が主で、あとは蠟燭《ろうそく》の明かりを頼りにしている。天気が悪ければ照明が利かなくなるから、早い幕引きは仕方ないことである。

案の定、きよが市村座の前に行くと、劇場《こや》入口にあたる鼠木戸《ねずみきど》にきぬと朝薫が立っていた。

「もう終わったの？」

きよは妹と朝薫の顔を交互に見ながら聞いた。

「とっくに終わったわ。でも、朝さんはとても満悦よ。ねえ朝さん」

きぬは朝薫のことを、縮めて「朝さん」と呼んでいた。

朝薫はにっこり微笑《ほほえ》む。眉《まゆ》が濃く、鼻がどっしり座っているわりには、不思議と整った顔立ちだ。

「それじゃおいしいものでも食べにまいりましょう」

「そういたしましょう」

きよに朝薫が応じ、

「今宵は、わたしが二人に馳走《ちそう》いたします」

「無理しなくって朝さん、おきよ姉さんはこう見えてもお金持ちなのよ」

「そうよ、まかせて」

きよは胸を叩《たた》いてみせた。

このあたりはすぐ隣町（堺町《さかいちょう》）にある中村座と合わせて、俗に芝居町《しばいまち》（二丁町《にちょうまち》）と呼ばれる。

両側には茶屋や料理屋がぎっしり並び、呼び込みの声が引きも切らない。饅頭《まんじゅう》や菓子を売る売り子の声もかまびすしいほどだ。まだ日は暮れていないが、曇天で闇が濃くなったので、行灯《あんどん》に火を入れている店もある。

三人は手頃そうな店を探して、二階客間に上がって腰をおろした。

場所柄から芝居見物の客が多いらしく、役者や演目について熱心に話しては、大声で笑ったりしている。

天麩羅《てんぷら》を酒の肴《さかな》にもらい、湯豆腐を注文した。湯豆腐は一人専用の小鍋《こなべ》立てだ。鍋料理はこの時代小鍋立てが一般的で、大勢でつつく鍋はもっと後の話である。

きぬは朝薫が理解できなかった演目を解説してやり、また役者のことを自分が知っているだけ教えてやった。耳を傾ける朝薫は、熱心に聞き入る。

朝薫が江戸に残留しているのは、特別な許可を受けて勉強するためだった。他にも数人残っており、読み書きや算学の習熟に努め、書画や舞踊などの研究をしていた。彼らは特別に町住まいを許され、在府中の薩摩藩士の家に厄介になっている。

浮かれたように話すきぬの姿を見ると、きよは切なくなる。

きぬがいくら朝薫に思いを募らせても、それも来年の春までである。桜の咲く頃には、朝薫は江戸を離れ琉球に戻る。

結ばれたくても結ばれない宿命にあることを、当然きぬも朝薫もわかっているが、限られた逢瀬《おうせ》を必死に楽しもうとしている。

それだけに、きよは二人のことを痛ましく思う。

「さあ、朝さん飲んで。きぬも勝手におしゃべりばかりしないで、朝さんの話を聞いておやりよ」

きよが朝薫に酌をしてやると、

「いえ、わたしはおきぬさんの話を聞くのが好きなのです。とても楽しそうな笑顔を見ていると、心が温まります」

朝薫は愛嬌《あいきょう》よく微笑む。

「まあ」

とたんにきぬは頬を真っ赤にした。

「あら、きぬ、赤くなっちゃってどうしたの」

きよがからかうと、朝薫が笑い、きぬは姉の肩を叩いた。そうやって三人は和やかに鍋をつついて軽口を叩き合った。

「あら、雨だわ」

表の雨音に気づいて、きぬが障子窓を開けた。屋根瓦《がわら》を叩く雨が、行灯の明かりを受けて朱に染まっていた。

「これじゃすぐには帰れないわ」

そういったきぬの声音《こわね》には、遅く帰宅できるという期待感が込められていた。きよはそれをすぐに見抜き、

「雨が弱くなるまで、待ちましょう」

しかし、楽しい時間はあっという間に過ぎ、他の客たちも一人二人と帰っていった。通りを見ると、いくらか小降りになっている。尻端折《しりはしょ》りをして、雨に濡れる道を駆けてゆく客たちがいれば、相合い傘で仲良く帰る男女もいる。

「そろそろ出ましょうか」

朝薫がいえば、

「でも、傘がないわ」

と、きぬが残念そうにいう。別れが辛いのか、顔を曇らせてもいた。

「きぬ、でもこの店も終わりだし、帰るしかないわ。傘は借りてまいりましょう」

「……そうね」

　きぬは渋々うなずいた。

　傘は生憎《あいにく》一本しか借りることができなかった。きよはきぬと朝薫のことを思って、二人に差し出した。

「それはいけません。わたしは濡れても平気です。早くお帰りください」

　朝薫は固辞したが、きよはせっかくだからと折れなかった。

　結局、三人で傘に入り、朝薫の住まいに先に行き、それからきよときぬが傘を差して帰ることにした。

　お互いの住まいはそう離れていない。朝薫の住まいは御蔵前から西に七、八町行った御書院番組《ごしょいんばんぐみ》の屋敷内にある。きぬと朝薫が知り合ったのも、そんな近さがあったからだ。

　きぬは朝薫が屋敷のくぐり戸に消えても、しばらくそこを動こうとしなかった。

「さあ、きぬ。おとっつぁんたちが心配するわ」

　きよがそっと声をかけると、きぬは今にも泣きそうな顔を振り向けた。

　屋敷長屋に帰った朝薫だったが、暗い雨の夜道を女二人で帰すのが忍びなかった。いっそのこと彼女らの家まで送っていけばよかった。なぜ、自分はそうしなかったのかと不甲斐《ふがい》なさを悔やんだ。

長屋の腰高障子を開け、朋輩《ほうばい》の知名盛勇《ちなせいゆう》に経緯《いきさつ》を話すと、ひどく説教された。

「だからおまえはいけないのだ。これからでも遅くない。提灯《ちょうちん》を持って追いかけていくんだ。琉球使節はだからだらしないという噂が立ったらどうする。情けないやつだ」

琉球を誇り高く思っている盛勇は、小言をいうと、部屋を出ていこうとした。

「待て、どこに行くんだ？」

朝薫は引き留めた。

「ここに提灯はない。母屋に行って借りるんだ」

「もうこんな刻限だ」

「なに、小者を起こせばいい。おまえはだらしないから、おれも一緒についていってやる。まったく世話の焼けるやつだ」

盛勇は舌打ちすると、さっと身をひるがえして、雨のなかに飛び出していった。

三

頭の上で番傘が雨を弾く音がする。足元は暗く、降りかかってくる雨とできた水溜まりで、もう足袋《たび》も草履《ぞうり》もずぶ濡れだった。

朝薫と別れたきぬは思い詰めた顔で黙り込み、さっきからなにも声を発しなかった。

きよはそんな妹の横顔を何度か盗み見して、

「きぬ、元気をお出し。これで朝さんと別れるわけじゃないんだから、ね」

と、やさしく微笑んでやった。

「慰めなんかいらないわよ」

「なにをいうのさ。自棄《やけ》になっちゃ駄目じゃないか」

「自棄になってるわけじゃないわ。姉さんが羨《うらや》ましいだけよ」

「あら」

きよは妹に顔を振り向けた。

「だって、姉さんは、秀次さんと一緒になれるじゃないさ。なのに、あたしはいずれ……はあ」

もうその先をいうのがいやになったのか、きぬはもう一度深いため息をついた。

「しかし、すっかり遅くなっちまったね。おとっつぁんに叱《しか》られるかもしれないね。裏からこっそり入るしかないか」

きよはそういって、目の前に広がる闇を見た。暗い夜道に慣れた目は、雨の斜線を見ることができた。もう自分たちの家は目と鼻の先だ。

「帰ったらちゃんと着替えして寝るんだよ。風邪でも引いたら大変だからね」

「姉さんも、だんだんおっかさんみたく――」

途中で声を呑《の》んできぬが立ち止まった。目を見開いて、「姉さん」と、きよの袖を引っ張った。きよも気づいていた。

家の裏木戸の前に六人の虚無僧が、闇に溶け込んだように立っていたのだ。

「なにしてるんだろう？」

きよが首をかしげたとき、木戸が開いた。男が現れ、手燭《てしょく》をかざして、虚無僧らを確かめるとふっと口で火を消した。

「秀さん……」

木戸口を開けたのは秀次だったのだ。そして、虚無僧らは秀次に案内されるように家のなかに消えていった。

「なんだろう？」

「さあ？」

きよはそういって、足を進めた。二人は裏木戸の前で耳を澄まして、戸を開けようとしたが、ビクともしない。心張り棒をかけてあるのだ。

「表に回ってみよう」

二人は家を回り込んだ。

表通りも暗く、ずっと先に小さな火明かりがぼやっと見える。自身番小屋の行灯だ。

二人は表口につくと、息を殺して屋内に耳を澄ませた。雨の音が邪魔をしてよく聞き取ることができない。

「姉さん、とにかく家に入れてもらわないと寒いよ」

「そうね」

応じたきよが戸を叩こうとしたときだった。奇妙な声が聞こえてきた。

「うげっ」

「お、お助けを……ぎゃあっ……」

きよときぬは顔を見合わせた。二人とも張りつめた顔で、蒼白《そうはく》になっていた。さらに、くぐもった声が漏れ聞こえてきた。

「騒ぐでない。騒げば殺す」


秀次に案内されて〔扇屋〕に侵入した虚無僧らは、店のものたちの閨《ねや》に入り込むや、有無をいわせず奉公人たちを斬り殺していった。騒ぎに気づき逃げようとしたものもいたが、虚無僧らの動きは早く、侵入して間もなくすべての家人を惨殺していた。

そんななかで秀次はきよときぬの姿がないことに気づいたが、探している暇はなかったし、〝仕事〟は急ぐべきだった。

金蔵《かねぐら》を開けると、つぎつぎと千両箱を運び出した。虚無僧らはてきぱきと仕事をこなし一人一人が盗んだ千両箱を背負った。

秀次は表口の土間に下りると、頭の辰五郎《たつごろう》に声をかけた。

「頭《かしら》、急ぐんです」

「野郎ども、ぬかりはねえだろうな」

辰五郎が闇のなかに目を光らせる。仲間がへいと声を返した。

「よし、開けるんだ」

辰五郎の声で、秀次は表戸を開けた。周囲に目を配り、

「大丈夫です。早く」

秀次の声で、仲間はつぎつぎと表に飛び出していった。みんなが出たのを確認した秀次も背負子《しょいこ》を背負って船を待たせている御厩《おんまや》河岸に急いだ。

首尾は上々だった。秀次は永年の年季奉公に嫌気がさしていただけにホッとしていた。しかし、江戸を抜けるまでは油断禁物だと、自分にいい聞かせてもいた。闇を突く雨が、ぬかるむ足元で飛沫《しぶき》を上げる。

「そっちだ」

顎《あご》をしゃくって秀次は船着場の方角を示した。薄い提灯の明かりが見えたのはそのときだった。

相手は二人。急ぎ足でやってきて、急に立ち止まりこっちを見やった。ちょうど成田《なりた》不動の鳥居の前だ。

「チッ、見られた」

秀次は背負子をその場に下ろすと、現れた二人のもとに駆けた。相手は提灯を掲げ、こちらをよく見ようとしている。

秀次は近づくなり、腰の刀を引き抜き一人を袈裟懸けに叩き斬った。

「げっ」

だが、もう一人は手に持った提灯を投げつけてきた。

「やっ」

闇のなかで提灯が火の玉のように飛び、秀次は一瞬、相手を見失った。直後、腹に衝撃があった。相手が鋭い蹴《け》りを見舞ってきたのだ。秀次は思わず、片膝《かたひざ》をついて防御の体勢になった。息が苦しい。

相手が風のように頭を飛び越えていった。

「チョークン！」

そんな声が聞こえた。秀次はすぐに悟った。こいつらは琉球使節だと。そして、相手は琉球空手という武道を使っているのだと。

秀次は闇に慣れた目を光らせ、斬撃《ざんげき》を送り込んだ。

かわされた。長く刀を振り回していないので、腕が鈍っているのだ。

しかし、目の前で相手の体がくるりと回転し、ゆらっと揺れたと思ったらそのまま、ばしゃんとぬかるむ道に倒れ込んだ。

はっとなって顔を上げると、頭の辰五郎が立っていた。手にした抜き身の刀身が鈍く光り、そこに黒い筋が流れた。斬り殺した相手の血だ。

「秀次、腕が落ちたようだな」

「面目ございやせん」

「いいってことよ。それより急ぐぜ」

秀次は背を向けた辰五郎を追いながら後ろを振り返った。泥道に倒れた二人の男の影が見えた。そばで提灯が燃えていたが、すいと水に吸い込まれるように火が消えた。

物陰に隠れ、震えていたきよときぬは、賊の影がすっかり見えなくなっても、その場から動くことができなかった。

「もういないわね」

震える声できよは、賊たちが曲がっていった角を見やった。

「それより、姉さん。うちはどうなっているのかしら……」

きぬはきよの袖にしがみついている。やはり声が上ずって震えていた。

「男たちはお不動さんのほうに曲がったから、もう戻ってきやしないだろう」

きよはそっと腰を上げて、物陰から通りに出た。周囲を見渡しても人の影はなかった。ゆっくり自分の家に足を向け、途中から急ぎ足になった。

表戸に手をかけると、ガラッとあっさり開いた。屋内には嗅《か》ぎ馴れない匂いが充満していた。

「明かりを。きぬ、明かりをつけるのよ」

「わかってる」

二人は店の上がり框《かまち》に足をかけて、帳場の近くで倒れている燭台を手探りで見つけ、それに火を点《とも》した。蠟燭がゆらゆらと燃えはじめると、あたりがにわかに見えるようになった。

ギョッと息を呑んで、目を瞠《みは》ったのはそのときだった。丁稚《でっち》の一人が血だらけで死んでいたのだ。そして、その奥にも。

「きゃあー！」

きよときぬは闇を引き裂くような悲鳴を同時にあげていた。

四

「春斎《しゅんさい》を呼べ！　すぐに呼ぶのだ！」

関東取締出役《かんとうとりしまりでやく》の代官・榊原小兵衛《さかきばらこへえ》は、御用屋敷内に響き渡る胴間声《どうまごえ》を張りあげた。

「誰かおらぬか！　春斎を呼ぶのだ！」

廊下を急ぎ足で歩いていると、村田重兵衛《むらたじゅうべえ》という手付が現れ、その場に片膝をついた。

「何事でございましょうか」

「大事だ。御蔵前の札差〔扇屋〕に賊が入り、家人と奉公人十数人を斬り殺し、金蔵の金を盗み取った」

「なんと」

重兵衛は片眉を上げて驚いた。

「それだけではない。賊は幕府が招いた琉球使節をも殺しているのだ。ええい、忌々《いまいま》しいことになりおった」

小兵衛は扇子を手のひらに打ちつけ、苛々《いらいら》と歩いた。

「それなら町奉行のほうで探索するのではありませんか」

「当然のことだが、火盗改《かとうあらた》めも動いている。だが、我らも動かねばならぬ一大事なのだ。ええい、ここで申すのもなんじゃ、早《はよ》う春斎を探し出してこい。やつを呼ぶのだ」

「は、それでは早速に」

重兵衛が去っても小兵衛は落ち着かなかった。座敷に足を運ぶと、そこにどしんと腰をおろし、扇子で自分の首の後ろを叩きつづけた。

「どうしたものか。こともあろうに……」

湯気が立ち込めている。まるで濃い霧に覆われているようだった。

小室《こむろ》春斎は垢《あか》をじっくり落とし、湯船に深く浸かっていた。体が火照《ほて》り、汗が滲み出てくる。気持ちがいい。体の芯《しん》から疲れが抜けていくのを感じる。

春斎は安房《あわ》上総《かずさ》から帰ってきたばかりで、しばらく出役の用はないはずだった。昨日は苦手な辰《たつ》ノ口の評伝所に出向き、これまた苦手な木村孫之助《きむらまごのすけ》という留役に廻村《かいそん》の経緯書きを提出したばかりだった。

留役は本来行政を審議する場合にその記録を取るのが役目だが、ときに勘定奉行の代行を務め、江戸残留組の八州廻り（関東取締出役）に、注意事項や連絡事項を申し渡し、廻村中のものに書状を送付するうるさ型である。

とくに木村孫之助は神経質な狐《きつね》顔をしていて、声が甲高《かんだか》い。春斎は顔を見るだけで気が滅入りそうになる。しかし、その男にもしばらく会うことはないだろう。

今日はのんびり湯に浸かり、酒でも飲もうと考えていた。

目を閉じ湯をすくって顔を洗うと、石榴口《ざくろぐち》をくぐってきた男がいた。湯気で男の顔は見えない。春斎は隆《りゅう》とした肩に湯をかけ、板壁に背を預けた。

湯屋は明け六ツ（午前六時）から暮れ五ツ（午後八時）までやっている。春斎は朝の早い客だった。

「いい湯ですね」

男が声をかけてきた。

「そうだな」

「こういう日は湯に限ります」

「そうだな」

春斎は無愛想にしか答えない。人と話すのが面倒だった。

「客が少なくていいや」

「…………」

春斎は湯をすくって顔を洗った。男は相手にならないと思ったのか、それ以上話しかけてこなくなった。

だが、こっちの様子を探るように見てくる。湯気が邪魔をして気どられていないと思っているのだろうが、春斎は敏感に男の不審な視線を感じていた。

——こやつ、どうもあやしいな……。

半眼で男の様子を窺った。

「どちらのお武家様です？」

また声をかけてきた。

「その辺のものだ」

そっけなく答えると、辟易《へきえき》したように男は唇を突き出した。それでもこちらの様子を探るように見て、ざぶりと湯船から上がっていった。垢を落とすでもなく、洗い場から出ていく。

春斎は男の足音に耳を澄ませた。気配を消し足音を忍ばせようとしている。かっと目を瞠《みは》った春斎は、ゆっくり湯船に立ち上がった。厚い胸板、腹にも脂肪はなく割れたように筋肉が波打っている。胸や背にミミズ走った刀の傷痕《きずあと》が無数にある。湯船から上がり、石榴口をくぐった。脱衣場の板間でさっきの男がコソコソやっている。春斎は気配を消して、洗い場から脱衣場に足を運んだ。

「なにをやってやがる」

そう声をかけたときには、男の片腕を捻《ひね》り上げていた。

男はヒッと息を吞んで、目を剝《む》いた。抗《あらが》おうとしたが、春斎の腕を振り払うことはできない。

「な、なにしやがる。放しやがれ。テテテッ」

「こんなところで、こそ泥をやろうって魂胆がいけすかねえ。おれの財布を元に戻すんだ。どうせたいした金は入っちゃいねえ」

男は盗んだ財布をわざと遠くに放った。

「よくねえな」

春斎は首を振っていうなり、男の腕をさらに捻り上げた。

ゴキッと骨が軋《きし》む音がした。

「あいたたたー」

男は痛みに耐えられないのか床を転げ回って悲鳴をあげつづけた。その間、春斎はゆっくり体を拭《ふ》き、着流し姿になった。男はまだうめいていた。

「人のものを盗む暇があったら仕事でもするんだ。それが身のためだ」

「いて、いてえ、ちくしょう。腕を折りやがったな。あーいて、いてえよ」

「そう喚《わめ》くな」

春斎はそういうと、男に背を向け、番台にも声をかけた。

「関節を外してやっただけだ。じき治る」

梯子《はしご》を昇って二階に上がり、預けた刀を受け取ると、あぐらを掻《か》いて、熱い茶を味わうように飲んだ。先客が将棋を指したり、世間話に興じていた。のんびりしたものだ。

茶を飲んでいるうちに、心がいつになくゆったり落ち着いてきた。こういう気分が好きだった。

「小室春斎だ。ところが、階下で慌ただしい声がする。しかも聞いた声だ。

体のでかい、なんとも無粋な男だ。なに、上か、そうか」

声と同じく慌てたように梯子を昇ってくる音がする。まわりの客たちが春斎に注目し、そして梯子から顔を突き出した重兵衛を見た。

「おお、ここだったか。ずいぶん探したぞ。春斎、休んでいる暇はない。急用だ。役宅に走ってくれ」

「なんだ、今風呂から上がったばかりなんだぞ」

「悠長なことをいってる場合じゃねえんだ。とにかく代官がお呼びだ」

ふうと、春斎はため息をひとつつくと腰を上げた。酒はお預けのようだ。

湯屋を出ても、重兵衛は早く早くと急かす。

「いったいなにがあったというんだ？」

「殺しだ。御蔵前の札差が殺されたんだ。それだけじゃねえ、琉球使節も二人殺されている。とにかく詳しいことは代官から聞くことだ」

春斎はせかせか先を急ぐ重兵衛のあとを追った。

じつはこの重兵衛が春斎を八州廻りに登用したといっても過言ではない。

八州廻り、つまり関東取締出役の制度は公事方《くじがた》勘定奉行・石川左近将監忠房《さこんしょうげんただふさ》の提案で、文化二年（一八〇五）に発足している。

取締掛《がかり》をする八州廻りは、四人いる関東代官から各二名ずつ出され、相模《さがみ》・武蔵《むさし》・安房・上総・下総《しもうさ》・常陸《ひたち》・上野《こうずけ》・下野《しもつけ》の関東八カ国で警察権を行使する。八州廻りは基本的に八人となっているが、それに欠員ができたことがあった。

関東代官の代表・榊原小兵衛は、急ぎ欠員補充をする必要があった。その困ったときに、重兵衛が春斎を発掘していたのだった。

やがて役宅を囲む、なまこ壁が見えてきた。日本橋馬喰町《ばくろちょう》にある関東代官御用屋敷だ。

表門をくぐると、春斎は急ぎ立てる重兵衛を無視して、小兵衛の待つ部屋に上がった。

「やっと、来たか。待っておったぞ。まあ、そこへ」

春斎はいわれるまでもなく下座の席に腰をおろした。

「御蔵前で殺しがあったそうですね」

先に口を開いたのは春斎のほうだった。

「殺されたのは札差〔扇屋〕一家だ。奉公人共々皆殺しであったが、幸いにも難にあわなかったものがいる」

春斎のこめかみがぴくっと動いた。

「きよときぬという〔扇屋〕の娘二人だ。それから琉球使節が二人殺されている」

「琉球使節……」

「うむ。じつはこの二人の琉球のものは、島津《しまづ》公にとくに目をかけられ、江戸で熱心に勉学に励んでいたものである。もちろん、〔扇屋〕一家殺しも無視はできぬが、公儀はこの下手人をなにがなんでも挙げろとおっしゃっている」

小兵衛は開いていた扇子をぱちりと音をさせて閉じた。

「殊《こと》の外《ほか》、上様は島津公の顔に泥を塗ったも同然だと怒り心頭だ」

まるで小兵衛自身がその怒りを代弁しているようなものいいで、むむと唸り、顔を紅潮させもした。

琉球使節を江戸に上らせたのは、第九代薩摩藩主・島津斉宣《なりのぶ》であるが、その斉宣の父・重豪《しげひで》の娘・茂姫（広大院《こうだいいん》）は、十一代将軍家斉《いえなり》の正室だった。

つまり、将軍家と島津家は縁戚《えんせき》関係にあるのだ。そういった背景があるからこそ、このたびの事件は将軍家斉の憤激を買ったのだった。

「町奉行および火盗改めも乗り出しているが、我らにも出役を命じられておる。生憎、江戸在留のものは他の役目を預かっている。春斎、そのほうにこの探索を命じる」

「承知つかまつりました」

「しかと頼んだ」

そこで小兵衛は膝を崩して、いきなり砕けた口調になった。

「いやあ、お主がいてよかった。今朝、たまたま評定所に寄ったら大変な騒ぎでな。騒ぎとはこの一件であるのだが、これは誰《だれ》にやらせようかと頭を捻っておったんだ。お主が戻ってきておって助かったわい」

「賊はもちろん金も盗んでいるんでしょうね」

「七千両あるいは八千両という話だ」

ため息の出る額だった。

「琉球使節を加え、殺されたのは全部で十六人。放っておける賊ではない」

「……むごいことを。早速探索にあたることにいたしましょう」

春斎は一礼して腰を上げると、御蔵前に急いだ。

昨夜降っていた雨はやみ、雲の隙間に晴れ間が見えたが、それも長くはつづかず、また厚い雲が低く垂れ込めていた。

陰々とくすんだ空を、雁形《かりがた》を組んで飛ぶ鳥の姿があった。

向かう御蔵前には、大川（隅田川）に張り出すように米蔵がずらりと並んでいる。その敷地は三万六千六百五十坪といわれ、一番から八番まで船をつける桟橋《さんばし》が櫛《くし》形に作られ、陸側には三つの御門がある。

貯蔵してある米は基本的には旗本・御家人に支給される俸給米であったが、生活のやりくりに苦心するものたちが、切米《きりまい》手形を抵当に札差から金を借りるようになった。札差は抵当の他に利子を取り、なかには高金利で貸し付けるものも現れた。

そういった札差は次第に財力を強くし、いつのまにか旗本・御家人の御用達商人となり、奢侈《しゃし》に走り、夜ごと湯水のごとく金を使うようになった。

贅《ぜい》を尽くす札差は「蔵前本多《くらまえほんだ》」という髷《まげ》を結い、大黒紋を加賀染めにした小袖に、鮫《さめ》鞘《ざや》の脇差を身につけて幅を利かせた。

　もっとも札差〔扇屋〕がそうであったかどうかはわからない。

　御蔵前の札差〔扇屋〕は、浅草《あさくさ》御蔵・中ノ御門前の森田町《もりたちょう》にあった。普段なら暖簾《のれん》を揚げているところだろうが、当然そんなものはないし、表戸もしっかり閉まっている。すでに町奉行の調べも終わったらしく、それらしき人の姿もない。

　まずは店を確かめて、自身番小屋に足を運んだ。ここには町方同心が詰めていた。

　ぶらりと現れた春斎を見ると、不審な顔を向けてきた。

「なに用だ？」

　横柄な態度で、春斎を品定めするように見る。黒紋付きの羽織をしている同心と違い、八州廻りは着流し姿だ。どう見てもその辺の浪人風情だ。

「ちょいと、そこで物騒な殺しがあったというから調べに来たのさ」

「調べに……だと？　なんだ、お主は？」

「関東取締出役・小室春斎と申す。お上からの達しで探索を命じられた」

　春斎はぞろりと顎を撫でた。風呂に入ったばかりだが、髭《ひげ》を剃るのを忘れたと、今頃思い出した。

「なんだ関八州様か。ホレ、好きに見な」

同心は小馬鹿にしたようにいって、仲間の同心と小さく嘲笑《あざわら》った。春斎は気にしない。こいつらにいちいち腹を立てていたら、仕事にならない。

八州廻りは寺社、勘定、町の三奉行の手形を持って警察権を行使するが、出身は手付・手代という下士である。春斎は無頼の浪人だったのだから、さらにその出身は低くなる。片や同心は、低級武士でありながら三十俵から七十俵の給米と組屋敷が与えられ、身分的には八州廻りよりずっと上だ。

同心らが八州廻りを小馬鹿にするのは、身分的なものだけでなく、制度発足が新しいということもある。

つまり、おれたちはこの道の玄人《くろうと》で、おまえらは新前だという驕《おご》りだ。

春斎はそんな同心らの蔑《さげす》んだ目を無視して、裏庭に並べてある死体を検分していった。これが夏だったらすでに蠅《はえ》がたかって、鼻をつく腐敗臭がするだろうが、季節柄その心配はなかった。

どれもこれも無惨な死に様だ。女の奉公人をよく見たが、凌辱《りょうじょく》された様子はない。賊は無駄なことをせず素早く〝仕事〟を片づけたようだ。

取調帳に死人の名前があった。被害にあった琉球使節は、高良朝薫と知名盛勇。目を留めたのは琉球使節の一人、知名盛勇の刀傷だった。背中を一刀のもとに斬られているが、見事な切り口だった。

斬撃に乱れがなく、かつ急所を確実に斬り捌《さば》いている。この男を斬ったものはただの使い手ではない。

春斎は筵《むしろ》を閉じて目を光らせた。賊のなかにはかなり腕の立つものがいる。

筵のそばには、骨組みの竹が煤《すす》けたまま燃え残った破れ提灯があった。薩摩の「薩」だけが、かすかに読みとれる。

「なにかあったかい？」

さっきの同心が背後から声をかけた。

「数が足りぬが、どうした？」

「なんだ、お主のその口の利きようは？　気に食わねえやつだ」

春斎はさっと同心を振り返った。

見た目の風采《ふうさい》は上がらずとも、五尺八寸（百七十五センチ）の偉丈夫《いじようふ》である。

岩のようにがっしりした肩を聳《そび》え立たせ、鷹《たか》のように鋭い目で相手を見ると、同心はたじろいだ。

「な、なんだ。店の主と女房は検死がすんだので店に戻してある。それだけだ」

「そうかい」

春斎はまた顎の無精髭をぞろっと撫で、

「この琉球のものも店で殺されていたのだろうか？」

「いや、それは違う場所だ。成田不動の鳥居の前だったらしい」

「なぜ、同じ下手人だと思う？」

「なぜだと……それは、場所が近いからだ。見たものはおらぬが、同じ賊の仕業と見るのが自然だ。琉球のものは、店が襲われる頃に止宿《ししゅく》している屋敷を出ていることもわかっている」

答える同心は、顔に苦渋の色を浮かべた。春斎に教えることに屈辱を覚えたのだろう。

「ふむ」

懐手をして視線を遠くに投げた春斎は、

「まあ、そうだろう。おれも同じ賊の仕業と見た」

そういって、そのまま自身番小屋を出た。

五

札差〔扇屋〕を訪ねると、生き残った姉妹と親戚らが奥座敷で一様にうなだれていた。彼らの前には殺された主人夫婦の遺体がある。

障子や襖は破れ、生々しい血痕《けっこん》が走っていた。壊れてしまったものは、土間の一箇所にひとまとめにして積んであった。畳や床にも昨夜の凶行の跡を見ることができた。

春斎は関東取締出役だと名乗り、二人の姉妹と対面した。

二人とも顔色がすぐれず、泣き乱れた顔をしていたが、なかなかの美人姉妹だ。

姉がきよ、妹がきぬといった。

「今度は八州様ですか」

そういったのはきよだ。町方同心にしつこく昨夜のことを聞かれているからだ。

「見聞きしたことだけを話してくれればよい」

姉妹は小さなため息を漏らして、顔を見合わせた。

色白の顔に、柳のような眉と大きな瞳、高くはないが通った鼻筋に、形のよい小振りの唇。まるで双子のように似ている。きよの口元には小さな黒子《ほくろ》がある。

「見てはいないのです。帰ってきたら、虚無僧姿の男たちが、裏木戸の前に立っておりまして……」

そういって話し出したのは、姉のきよのほうだった。

ときに声を震わせ、白くなるほど両の手を握りしめ、深いため息を何度もつき、涙をこぼしては唇を引き結んだ。

「それじゃ、琉球使節の二人が殺された現場は見ていないのだな」

あらかたの経緯を聞いた春斎は、二人を交互に見やった。姉妹は同時に首を振った。

「手引きをしたのは手代の秀次って野郎か……。周到に策を練っての外道働《げどうばたら》きとはこのことだ」

わーっと突っ伏して泣きだしたのは妹のきぬだった。

「……朝さんが、朝さんがなぜ、なぜ、なぜ……」

そのままおいおい泣き、背中を波打たせた。きよが慰めるように妹の背中を撫でた。

「朝さんというのは、高良朝薫のことであるか？」

春斎は自身番小屋の取調帳と死体の顔を思い出して聞いた。

「そうでございます。妹が慕っていたお方です」

そういうきよは、目の縁に浮かんだ涙を指先で拭き取った。どうやらきぬと高良朝薫はよい仲だったのだろう。

「それで、なにか気になることはないか？　なんでもいい」

きよはしばし考える目をしたが、「なにも」と、首を振った。しかし、突っ伏して泣いているきぬのほうが、

「虚無僧は東海道を上るはずです」

と、震える声でいって、泣き濡れた顔をあげた。

「あのものたちが、これで箱根越えが楽しみになったといった声を聞いたんです。町方同心にしつこく聞かれたときは悲しくて悔しくて、思い出せませんでしたが、あの人殺したちがそういったのを聞きました」

「間違いないな」

春斎は目に力を入れて、きぬを見つめた。

「しっかりこの耳で聞きました」

きぬはまたもや泣きだした。

札差〔扇屋〕を辞去した春斎は、その足で呉服橋御門をくぐり北町奉行所を訪ねた。

相も変わらず応対は悪く、すげなく追い返されそうになったが、情報を仕入れようと粘った。

迷惑そうな顔で出てきた同心は、とくに新しいことは口にしなかったが、琉球使節が殺された現場を見たという木戸番をつかんでいた。

「札差の娘たちがいうように、やはり虚無僧だったらしい。木戸番は恐ろしくなって顔などは見てないが、船で川を下ったのは間違いないといっておる」

その他に気に留めることはなかった。

大まかな情報を仕入れた春斎は、そのまま役宅に戻り、小兵衛に会った。このときは用人の佐藤《さとう》吉衛門《きちえもん》も同席していた。吉衛門は六十に手が届こうという馬面で、頭に申し訳程度の髷を乗せている。

「それでは、我が関東取締出役の出番ではないか」

話を聞いた吉衛門は馬面の顔を輝かせ、奉行所の手柄にはさせてはならぬと息巻いた。

「まあ、そういうな吉衛門。気持ちはわからぬではないが、春斎ならきっと下手人一党を挙げてくれようぞ。のう、春斎」

小兵衛が頼もしげに春斎を見る。

「そのように努めはしますが……」

「なにか心配事でもあるのか？」

「一筋縄ではいかぬ相手かもしれませぬ」

「場合によっては、そちらに二人ばかり応援をつける段取りをしてもよいが」

と、吉衛門。

「そのときにはお願いするやもしれません」

「しかし、その虚無僧の賊が箱根を越えてしまえば、一巻の終わりですな」

吉衛門は眉間《みけん》に皺を彫って、そうなると困ったものだとうめいた。

八州廻りが警察権を行使できるのは関東八カ国だから、箱根から先は管轄外になる。

「確かにそうなるが、やつらが箱根を越える前に捕縛するのだ」

小兵衛はそういって春斎と吉衛門を見、言葉を継いだ。

「ここであれこれ無駄話をしている場合でもなかろう。この間にも賊は遠くに離れているのだ。春斎、早速準備を整え出立《しゅったつ》いたせ」

第二章　戸塚の小悪党

一

「姉さん、寝ているの……」

声できよは目を覚ました。枕元《まくら》にきぬが悄然《しょうぜん》と座っていた。部屋の隅にある行灯《あんどん》の火が蒼白《そうはく》なきぬの顔を黄色く染めていた。

「どうしたの？」

「あたしは、あたしは我慢ならない……」

唇を嚙《か》みしめて、きぬは膝《ひざ》に置いた手を握りしめた。

そんなきぬをきよは黙って見つめた。階下では親類縁者によって通夜が営まれていたが、静かになっている。

きよはゆっくり身を起こした。

「気持ちはあたしも同じさ。だけど、もうどうしようもないじゃないか」

「……どうしようもない？」

「そうさ、きっと町方たちが成敗してくれるわよ。あんなことをした悪党がのうのうと生きていられるわけがない。神様はちゃんと見てくださっている。あいつらには、きっと地獄が待っているに違いないさ」

「そうだろうか……きぬは、そう思わない」

「町方を信じるしかないよ。八州様も火盗改めも動いているんだ。逃げられっこないよ」

「姉さん」

思い詰めた顔で、きぬは姉を見つめた。

「あたしは人任せにしたくない。この手であいつらを……」

「なにをいうの」

「いいえ、あたしは決めました。おとっつぁんやおっかさん、店のものたちも、そして朝さんも、このままでは浮かばれるわけない」

「……きぬ」

「憎い。口惜《くや》しくてたまらない。あたしは刺し違えてもいいから、恨みを晴らしたい。そうしなければ、この先どうやって生きていけばいいかわからない。姉さん、あたしはなにがなんでもあいつらを討ちたい」

きぬは意志の堅い目をしていた。

そう決めたからには、きっと後には引かないだろう。きよはそんな妹のことをわかっていながら、早まった考えではないかと内心で葛藤《かっとう》した。

「きぬ、相手はただ者じゃないんだよ。人を虫けらのように殺してしまう悪党なんだよ。そんなやつらにどうやって立ち向かうというんだい。……馬鹿な考えだよ」

「人殺しだろうが、所詮《しょせん》相手は人間じゃない。それも人間のくず。けだもの以下のくずだけど、あたしにだってやってできないことはないはず」

「気持ちはわかるよ。でも、どうやって……」

「男は女に隙《すき》を見せる。寝首を掻《か》っ切ることぐらいできるわよ」

きぬはきっぱりといい切った。

きよはそんな妹を長々と見つめた。もはやきぬの心を変えることはできないだろう。下手すると勝手に飛び出していくかもしれない。情に厚く涙もろいきぬだが、人一倍気丈なのもきぬだ。

「下の人たちはどうしているの？」

ずいぶんたってからきよは訊《たず》ねた。

「近所の人は帰ったわ。深川のおじさんとおばさんだけが残っているけど……」

呼ぶと、きぬは信念を曲げないという目で見返してきた。

「死ぬ覚悟だよ」

きぬはわかっていると、うなずいた。

「あんたのいうことが正しいのかもしれない。秀次はまんまとあたしを、いやあたしだけじゃなく店のものみんなを騙《だま》し、その挙げ句に……」

そこまで言葉にすると、激しい憎悪が腹の底からふつふつと煮え立ってくるようだった。すっかり人をその気にさせて、いともあっさり裏切る人間の心がわからなかった。そばにいたら、殺してやるところだ。

両親や奉公人たちが死んでしまったという悲しみより、抑えがたい怒りのほうが強かった。きよはきちんと座り直すと、きぬをまっすぐ見た。

「わかったわ、きぬ。あたしも覚悟を決めた。二人できっと仇《かたき》を討《う》つのよ」

「それなら姉さん、すぐにも旅の支度を。葬式もあるけど、悠長にはしていられないわ。こうしている間にもやつらはどんどん江戸から離れているんだから。とにかくなにもかもあの秀次のせいよ。あいつがいたからみんな殺されたのよ。あの男だけでも、あたしはこの手で討ちたい」

「……きぬ」

「きぬ、みんなに知れると面倒だわ。夜が明ける前に家を出て、やつらを追うのよ」

「それじゃ姉さん、すぐにも支度を」

意思を通わせ合った二人は、すっくと立ち上がった。


春斎がその朝、役宅を出たのは七ツ（午前四時）、旅人の早立ちの時刻だった。夜明けまではほど遠く、江戸の町は暗闇に覆われている。黒い雲に覆われた空には月も星も見えない。

通りに出た春斎はぶるっと身震いをひとつした。

通常八州廻りが廻村に出る際には、荷物持ちの足軽二人と小者を一人つけるが、春斎はいつでも単身である。

そのほうが自分の性に合っているし、無用な気も使わなくていい。

雨や雪の恐れがあるので、綿入れの着物の上に道中合羽《がっぱ》を羽織った。頭には三度笠、脚絆《きゃはん》と手甲《てっこう》を巻いている。愛刀の五郎入道正宗《ごろうにゅうどうまさむね》（刃渡り二尺四寸五分＝七十四センチ）を落とし差しにぶち込み、懐に握り飯を入れてある。

歩き出した春斎は、どこからともなく聞こえてくる犬の遠吠《とおぼ》えを合図にしたように足を早めた。

事件から丸一昼夜がたっている。

賊はすでに藤沢《ふじさわ》あたりに辿《たど》り着いているかもしれない。そうなると、まるっきり追いつくことができない。

しかし、七千余両の金はかなりの荷物だ。まさか千両箱をそのまま運んでいるはずもない。大方別の箱に入れ直し、背負っていると考えるのが妥当だ。それに馬を使っているかもしれない。

千両は重さにすれば、六貫（約二十二・五キロ）はある。これも時代によって小判の重さに差があり、まして小判だけとは限らない。賊が盗んだ金には、大判や一分金や二分金も混ざっているはずだ。そうすると、千両は六貫以上あると考えてもいい。

大人一人がやっと背負える重さである。こんなものを背負って、普通に歩けるはずがない。それに大金をせしめた賊は、江戸を離れたとしても、どこかの盛り場で気を大きくし放蕩《ほうとう》するのが常だ。

——なに、追いついてみせるさ。

春斎は内心でつぶやいて、さらに足を早めた。

普通の旅人は一日七里（二十七キロ）から十里（三十九キロ）を歩く。日本橋から小《お》田原《だわら》まで二十里二十町（八十二キロ）、約三日の行程だ。健脚なら箱根を越え三島に入ることもできる。

品川宿に入ったところで、ようやく夜が明けはじめた。

ぐずついている天気が数日来つづいているが、今日も同じようだ。

太陽は厚い雲の向こうにあり、水平線のあたりだけがうすぼんやりと白みを帯びているだけだった。

茶屋に寄り、お茶だけをもらって持参の握り飯を頬張《ほおば》ると、すぐに出立した。あちこちの旅籠《はたご》から出てくる客がいる。

江戸に向かうもの、春斎と同じ上方方面に歩くものそれぞれだ。菅笠《すげがさ》に振り分け荷物を肩にかけ、いずれも股引《ももひ》きに、足袋《たび》と草履と脚絆と似たような姿である。

羽織袴《はかま》に一文字笠を被り、供をつけているのは武家だ。

また、女の旅人もおり、こちらも菅笠か手拭《てぬぐ》いをあねさん被りし、旅道具を入れた風呂敷包みを背負って、着物は腰のあたりを細紐《ひも》で結び、紐足袋に草履だ。

春斎は品川宿を出る際、二、三の茶屋に寄り、虚無僧《こむそう》集団を見てはいないかと訊ねた。

返事はいずれも、見ていないだった。

同じく宿役人にも聞き込みをしたが、こちらも手がかりなしだった。

賊は虚無僧から普通の旅人に化けている、もしくはまだ江戸にいるかのどちらかだ。

これは賭《か》けであるが、江戸府内は町奉行と火盗改めが必死に探索をしている。

八州廻りの春斎は、賊は虚無僧姿から旅人姿に替えて箱根をめざしているほうに賭けるしかない。

空は一向に晴れる気配がない。鼠《ねずみ》色の雲が北のほうに流されているが、そのすぐ後ろからまた黒い雲が迫ってくる。気温は上がらず、頬にぶつかってくる風は冷たい。

六郷川は増水していたが、楽に渡ることができた。船を幾艘もつなぎ、板を渡した仮橋が架けられていたのだ。

これは薩摩《さつま》の大名行列が渡るための処置で、その行列が川を渡ったのは、昨日のことらしい。

ここでも虚無僧らのことを聞いたが埒《らち》はあかなかった。しかし、あきらめた頃に、一人の船頭が気になることをいった。

「薩摩様が川渡りを禁ずる触れを出された矢先に、確かに虚無僧たちがまいりましたよ。どうしても渡らねばならぬから、どうにかならないかと」

船頭は尻《しり》のあたりをぼりぼり掻きながら眉毛《まゆげ》を垂れ下げた。

「それでどうした？」

「へえ、目こぼしで渡るしかねえでしょうといってやると、上流のほうに歩いていきやした。その後姿を見なかったから勝手に渡ったんでしょう」

「そいつらは何人だった？」

春斎は船頭を見て、対岸に目を注いだ。

「五人、いや六人だったかな……七人だったかもしれやせん」

首をかしげながら船頭は答えたが、春斎はおそらく例のものたちに違いないと思った。

「そやつらがこっちに戻ったのは見てないんだな」

「へえ、あれ以来虚無僧は見てねえですね」

春斎はとにかく先を急ぐことにした。

保土ヶ谷《ほどがや》の手前で小雨がぱらついてきたが、戸塚《とつか》まで歩いて宿を取ることにした。江戸から約十里半（約四十一キロ）だ。

宿に入ってすぐ、雨足が強くなり土砂降りとなった。

「お侍さん、これじゃしばらく京方面は足止めですよ」

足をすすぐ盥《たらい》を持ってきた宿の男がそんなことをいった。

「この分じゃ先の馬入川《ばにゅうがわ》（相模川下流の別名）が氾濫《はんらん》します。旅人たちは足止めを食らうはずです」

「そうか」

春斎は足を拭きながら答えた。川留めになれば時間が無駄になる。

「薩摩様も往生されているでしょう。なにしろご病人がおられるとかで……」

部屋に案内しながら初老の男はそんなことをいった。

「病人……」

「へえ、本陣宿でそんなふうに聞きましたが、さあこちらです。相部屋になりますがどうぞよろしくお願いします」

宿の男は腰を低くして下がっていった。

差料《さしりょう》を脇《わき》に置いて部屋の真ん中にどっかと座った春斎は、目を天井の片隅に向け腕組みをした。

大名行列があれば、やつらは追い越すことができない。賊が自分より先行していれば、大名行列の手前にいることになる。

しかし、そううまくもいくまいと、首を振って火鉢を抱き寄せた。

二

きよときぬは戸塚の手前で激しい雨に降られ、ずぶ濡《ぬ》れになって一軒の旅籠に辿り着いた。ところがそこは淫売を置く曖昧宿《あいまいやど》で、他を探すしかなかった。

軒下で雨宿りをしていると、

「おまえさんたち、あまり旅慣れてないみたいだね。うちのような店には滅多に入るもんじゃないよ」

歯の抜けたばばあが煙管《キセル》を吹かしながらそう教えた。親切心でいっているらしく、悪意は感じられない。

「気をつけます。どこか適当な旅籠はないでしょうか？」

きよは濡れた髪を手拭いで拭きながら聞いた。

「三軒先に〔吉田屋《よしだや》〕って宿がある。そこだったら女連れでも親切にしてくれるし、質《たち》の悪い客もいないはずだ」

「ご親切に礼を申します」

「どこに行くのか知らないが、気をつけて行くんだね」

ばばあが店に引っ込むと、きよは暗い空を見上げ、

「きぬ、待っててもやみそうにないわ。その〔吉田屋〕って宿まで走ろう」

二人は雨のなかに飛び出して、小走りにぬかるむ道を急いだ。

なるほど教えてもらったように、〔吉田屋〕は応対のいい宿だった。出てきた番頭はずぶ濡れになった二人を見ると、先に風呂に入ったほうがいいと勧めてくれた。

相部屋の客に挨拶《あいさつ》をすると、交替で湯に浸かり、その日の疲れを癒《いや》した。

きよは濡れた着物を衣紋《えもん》掛けに乾《ほ》し、長火鉢で暖まった部屋で人心地がついた。

「どちらからです？」

小さな娘を連れた相部屋の女が声をかけてきた。

「江戸からまいりました」

きよはそう答えて、五つになったばかりだという娘に微笑《ほほえ》んだ。

「わたしどもは江戸に行くのでございます」

「江戸に……どちらからおいでになったんです？」

「三島《みしま》です。箱根を越せるうちに江戸に入ろうと思いまして」

これから先、箱根の山は雪が降ったり氷が張ったりするので、通行が厳しくなると母親はいう。江戸に行くのは親戚を頼ってのことらしい。

「そちら様はどちらまで向かわれるのですか？」

母親の問いにきよときぬは一瞬顔を見合わせ、

「わたしどもはお伊勢様までです」

きよはそう答えた。

これなら不審がられることもないし、無用な詮索《せんさく》を受けることもない。

「それじゃ、西国《さいごく》三十三箇所参《まい》りなどもしなさるのですね」

「そのつもりです。帰りは善光寺詣《もう》でを兼ねて中山道《なかせんどう》を通るつもりです」

きぬがそう答えた。

母親も伊勢参りに行ったことがあるという。伊勢参りは江戸から片道十四、五日、往復で一月ほどだが、旅人はついでに京や大坂を見物し、四国の金比羅《こんぴら》や安芸の宮島《みやじま》まで足を延ばすことが多かった。

お伊勢参りという共通の話題で、きよときぬは娘連れの母親とうち解け合うことができた。話が弾むうちに、西に向かっている薩摩の大名行列があることを知った。大磯《おおいそ》の手前で母親たちはすれ違ったらしいが、いつになくゆっくり進んでいるそうだ。

夕餉《ゆうげ》をすますと、母親は娘を連れて湯を浴びに行った。

「姉さん、今頃あいつらどこにいるんだろうね」

きぬが火箸《ひばし》を使って火鉢の炭を整えた。

ぱちぱちっと炭が小さく爆《は》ぜる音がした。

「足が早けりゃ、もう箱根を越えているかも。でも、七千両あまりを担いでいるわけだからね……」

きよは思い詰めた顔でそういった。

「でも、さっきの母親は大名行列があるといったじゃない。それを追い越すことはなかなかできないんじゃないか」

「……そうね」

といううきぬの顔を、燭台《しょくだい》の明かりが照らしていた。

七千両の荷物を抱えた賊たちが、大名行列を追い越すのは危険だ。行列を追い越すこと自体が難しいうえに、不意の荷物改めもある。そんなことになったら、賊たちのそれまでの苦労は水の泡になる。

しかし、秀次を三年も奉公人として〔扇屋〕に送り込んでいた賊の周到さを考えれば、つまらない失敗はしないだろう。

「この雨で、この先の川が氾濫していれば、また賊たちは足止めを食らっているかもしれない」

「姉さん、お天道様《てんとうさま》はきっとあたしたちに味方してくれるよ。そうでないと、あまりにも不公平じゃないか」

きぬは自分の花簪《はなかんざし》を手にとって握りしめた。

鋭く尖った先端が燭台の明かりを鈍く受けた。

「あんたのいうとおりさ。そうでなきゃ、誰も浮かばれないんだから」

しばらくして先の母親と娘が帰ってきた。

「ところで、江戸には見物でいらっしゃるのですか？」

甲斐甲斐《かいがい》しく娘の世話を焼く母親に、きよが声をかけた。

「いえ、見物だなんて……」

とたんに、母親は暗い顔になった。

「それじゃ……」

まさか師走《しわす》を前にして仕事探しでもあるまいと、きよは思った。

「三島を出たのは、のっぴきならない事情があってのことなんです」

「のっぴきならない事情……」

「さあ、先にお休み。明日も早いからね」

母親は娘を床に入れてから、きよときぬを静かに振り返った。それからしばしの躊躇《ためら》いを見せて、

「……じつは、うちの亭主がひどい目にあいまして」

と、薄幸そうな唇を噛みしめた。

「ひどい目？」

「三島には銀蔵《ぎんぞう》という男がおります。これが三島を仕切っている悪党でして。うちのは、その銀蔵の手にかかって殺されて……ううっ」

母親は片手で口を塞《ふさ》ぐと、小さな嗚咽《おえつ》を漏らした。

「……なぜ、そんなことに？」

「わかりません」

母親は激しくかぶりを振ってつづけた。

「一所懸命、汗水流してやっと開いた店が……気に入られなかったというほかありません。銀蔵とはそんな男なんです。血を吐くような思いで建てた店も、今やあの男の手に渡って……なんの因果でそんなことになるのかと、悔やんでも悔やんでも……」

母親は奥歯を噛んで唇を震わせた。大粒の涙がふわっと目に浮かぶと、そのまま膝にこぼれた。きよは同情せずにはいられなかった。

「お気持ちは痛いほどわかりますよ。じつはわたしどもも同じような目に」

はっと母親がきよの顔を見た。

「先ほどはお伊勢参りと申しましたが、本当は仇討ちの旅なんです」

「仇討ち……」

ええ、とうなずいたきよはその経緯《いきさつ》を話した。

母親は真剣な顔で話に聞き入り、同情の色を浮かべた。

「なんという巡り合わせなんでございましょうか。これもきっとなにかのご縁でしょう。思いを果たせることを祈りますが、どうぞ御用心なさってくださいまし」

「お気持ち嬉《うれ》しくいただきます」

「ただ、気になることがあります」

「なんでしょう?」

きよは首をかしげた。先に布団に入った娘はよほど疲れていたのか、すでに寝息を立てていた。

「虚無僧とおっしゃいましたが、銀蔵はまたの名を〈虚無僧の銀蔵〉と申すのです」

きよときぬは、はっと顔を見合わせた。

きよときぬ、そして春斎がその夜の宿にした戸塚のひとつ先、藤沢宿に〔扇屋〕を襲った辰五郎らがいた。

本来ならもっと先に進んでいるはずだったのだが、藤沢の先、平塚《ひらつか》の手前の馬入川が雨のために川留めとなり、しぶしぶ引き返してきていたのだった。

「まったくよりによっておれたちの前で川留めにあうとは腹立たしい。それになんだこの宿は」

頭《かしら》の辰五郎は忌々《いまいま》しそうに部屋に首をめぐらせた。

隙間風が吹き込む寒々しい部屋であり、それも筵《むしろ》敷きだった。この宿は低級で畳敷きの部屋がなかったのだ。

「まあ、こんなこともありやす。別段焦る旅でもねえんですから……」

宥《なだ》めるようにいう秀次は、すっかり昔の顔に戻っていた。

「ついでだから頭、天気を待って江ノ島見物でもやりやすか」

「ふざけるな。なにが江ノ島だ。あんなとこ行ったってくそ面白くもねえ」

「それじゃ鎌倉詣ではどうです？」

秀次はのんびりした顔で煙管を吹かす。

藤沢宿から江ノ島まで一里九町（約五キロ）、鎌倉まで二里（七・八キロ）の距離だった。

「おめえは江戸暮らしが長かったから、骨休めでもしたいんだろうが、そうはいかねえだろう。なにしろおれたちは……」

辰五郎は部屋の隅に置いた荷物を眺めた。金七千余両の入った荷だ。秀次も釣られたように、その荷を眺め、にやっと頬を緩めた。

他の仲間は隣の部屋で酒を飲んで騒いでいる。飯盛女を呼んでいるので、さっきから男どもの下卑《げび》た笑いと黄色い嬌声《きようせい》が絶えることがない。

「ところで頭、このまま帰るのはいいんですが……例の手はずは整っているんでしょうね」

秀次は上目遣いに辰五郎を見やった。

「ぬかりねえさ」

「それじゃ、戻ったらじき頭が、三島を取り仕切ることになるんでやすね。おれもそのほうがいいと思っていたんです。銀蔵の親分はもう耄碌《もうろく》している。そろそろ頭に代替わりするちょうどいい頃合いなんですよ」

「ふっふ、くすぐったいことというんじゃねえよ。まあ、親分には目をかけてもらったが、おめえのいうとおりだ」

ぐびっと辰五郎は酒をあおった。

「跡目を継いだら、おめえにもたんまりいい思いをさせてやるよ」

「頼んます」

秀次は辰五郎に酌をしてやった。

「ところで頭、今すぐここでってわけにはいきやせんが、三島の手前で分け前のことを考える必要があるんじゃございやせんか」

「それも考えているさ。余計な気を回すんじゃねえよ」

「へえ、ちょいと気になっただけです」

秀次は酒を舐《な》めるように飲んで、横目遣いで辰五郎を盗み見した。

強情そうなえらに無精髭《ぶしょうひげ》が生えている。切れ長の目は剃刀《かみそり》のように鋭い。〈人斬りの辰〉と恐れられる男だ。

秀次と辰五郎は、三島の近くで仲間の三人を斬り捨てようと思っていた。分け前を増やすことが目的だが、斬り捨てる予定の三人は用心深い銀蔵のお目付役でもあった。

「しかしね、頭」

しばらくして秀次は声を発した。風にそよぐようなささやき声だ。

「あの三人だけを斬り捨てるとなると、銀蔵親分に不審がられますぜ。なにしろあの三人は親分の息がかかってる。もう一人死んでもらわねえと……」

ギロッと辰五郎の鋭い目が光った。秀次は目をそらさずに言葉をつないだ。

「もっとも銀蔵親分にも死んでもらうからどうってことはねえんですが、ことはなるべく荒立てないように進めたほうが賢明です」

秀次はもともと奸智《かんち》に長《た》け、策略をめぐらせるのが得意だ。札差〔扇屋〕に奉公しはじめてわずか二年半で手代になったのも機転が利いたからだった。それにきよを口説くのも朝飯前のことだった。

「……おめえのいうとおりかもしれねえ。よし、そうするか」

辰五郎の返事に、秀次は内心でほくそ笑んだ。辰五郎のことを「頭」と呼ぶが、単に持ち上げているにすぎない。それに、辰五郎は銀蔵の跡目を継げるような器ではないし、思慮も浅はかで短絡的だ。しかし、秀次はこの男をうまく利用しようと考えていた。

「秀次、なんだかモゾモゾしてきやがった」

辰五郎は股間《こかん》に手をやって、一物《いちもつ》をしごいた。

機転の利く秀次はすぐに手を叩《たた》き、隣の部屋に声をかけた。

「おい、こっちにも女をよこすんだ」

すぐに襖《ふすま》が開き、腰巻き一枚で上半身をさらした女二人が手下たちに背を押されて、転がり込んできた。

「きゃあ」

小さな声をあげ、科《しな》を作って秀次と辰五郎の隣にくっついた。

辰五郎は女を膝の上に乗せると、ふくよかな乳房の間に顔をうずめ、

「ぐふふ、たっぷり喜ばしてやるぜ」

と、乳首に嚙みついた。

「痛ッ！　強くしないでおくれな」

女は辰五郎の顔を引き剝《は》がしたが、当の辰五郎はにやけた顔のまま女の乳房にむしゃぶりついた。そんな様子を見た秀次は、隣の女をやさしく引き寄せ、

「さあ、ゆっくりやろうじゃないか」

薄く開いた女の口に酒を注いでやり、むっちりした太腿《ふともも》に手を這《は》わせた。

三

「どうだ様子は？」

春斎は酒を舐めると、相部屋になったひとりの亭主に聞いた。

「へえ、相変わらず熱は下がりませんが、一晩じっくり眠れば少しはよくなるかと」

亭主は心配そうに布団に寝ている女房を見やった。額に濡れ手拭いが当てられている女房は、かすかに口を開き、ふうふう息をしている。

「旅の途中で風邪を引くとは災難だ」

「雨にたたられたせいでしょう。それにしても、騒がしいですな」

亭主は弱々しい顔で、さっきから騒々しい奥の部屋のほうを見やった。

「そうだな。そろそろ静かにしてもらわないと、他のものにも迷惑だ」

「まったくです」

奥の部屋の騒ぎはいっこうに収まる様子がない。おまけに、廊下をどたばた往《い》ったり来たりして酒の注文を取っている。

丁だ半だと喚《わめ》いては、悔しがったり喜んだり。おまけに、廊下をどたばた往《い》ったり来たりして酒の注文を取っている。

「どれ」

といって春斎は、腰をあげた。

「どちらに行かれるんです？　あまり風体のよくないものたちです。関わりにならないほうがよいと思いますが……」

亭主が心配そうに見上げてきた。

「なに、ちょいと帳場に頼みものをするだけだ」

そのまま春斎は部屋を出た。障子を閉めて、奥の騒がしい部屋に目を光らせ、そのまま帳場に向かった。

「主《あるじ》、ちょいと卵酒を作ってはもらえぬか」

帳場の炬燵《こたつ》で暖を取っていた主が怪訝そうな顔をしたので、

「相部屋のものが熱を出しておる。生憎《あいにく》薬がないので、飲ませてやろうと思ってな」

「それはお困りですな。早速に作って進ぜましょう。おい、おさだ。聞いたろ、すぐに作ってさしあげなさい」

おさだという女中が心得たという顔で、台所に下りていった。

「それにしても主、奥の部屋の客はどうにかならぬか。いい加減にしてもらわないと迷惑だ」

「何度も申し上げているんですが、弱りました。もう一度注意してまいりましょう」

やれやれ、とんだ客を入れたもんだと、愚痴をいって主は腰をあげ、帳場を出ていった。春斎は帳場の前で卵酒のできるのを待った。

「お客さん、このくらいでいいでしょうか？　熱には生姜《しょうが》がいいといいます。擂《す》って入れておきました」

「それはかたじけない」

春斎はそのまま自分の部屋に戻り、寝込んでいる女の枕元に行った。

「身を起こせるか？　卵酒をもらってきた。飲めば少しは楽になるかもしれん」

「これはご親切を」

亭主が女房の体を起こしてやった。

「おみよ、小室様が卵酒をもらってきてくださった。さあ、飲みなさい」

「すみません」

女房のみよは熱っぽい目で春斎を見て、卵酒を干し、ほっとため息をついた。

「体が暖まれば汗と一緒に熱も逃げる。あとはぐっすり眠ることだ」

春斎は横になった女房に布団をかけてやった。

そのとき、問題の部屋のほうで怒鳴り声がした。

「うるせえ！　おれたちゃ、金を払って泊まっているんだ！　商人《あきんど》だったら客を大事にするのが筋だろうが、それともなにか、ここは客より宿のものが偉いっていうのか！」

「そ、そんなことを申しているのではありません」

「だったらすっこんでろ！」

ばちんと、激しく障子の閉まる音がして、男たちの高笑いが聞こえた。

春斎は酒を注いで飲んだが、そろそろ自分が行かねばなるまいと腹を決めた。

困った困ったと、辟易《へきえき》した声を漏らしながら主の声が障子の向こうを通りすぎた。

「ほんとに困った客たちだ」

相部屋の亭主もぼやいて、がっくり肩を落とす。

奥の部屋はまたもや丁だ半だと、騒がしくなった。

「仕方がないな」

のそりと春斎は立ち上がった。亭主が慌てたように見上げてきたが、春斎は口に指を立て首を横に振った。

「心配いたすな。すぐ戻ってくる」

そのまま部屋を出て薄暗い廊下を進んだ。

問題の部屋は手水場《ちょうずば》の近くだった。

「失礼する」

返事を待たずに春斎は障子を開けた。見るからに人相風体のよくないものたちの視線が集中した。全部で五人。

「なんだ、おめえは？」

「この宿の客だ」

「それがどうした」

片膝を立て、上目遣いに見やってくる男がこの仲間を束ねているようだ、狭い額をひくひく動かし、モグラのような顔でにらみを利かせた。

「夜も更けた。もう騒ぐのはこの辺でお開きにしてもらおうか。客のなかには病人もいるんだ。少しは人の迷惑を考えてもよかろう」

「ふん、でけえ口叩きやがる野郎だ」

春斎は茫洋《ぼうよう》とした目で相手を見下ろし、ついでに他の男たちも見まわした。

欠けた茶碗のなかにサイコロが入っている。そのそばに徳利とぐい飲み、そして銭が積んであった。座っている脇には長脇差《ながどす》を寝かせてある。

部屋にわずかな緊張感が生まれた。

「とにかく、静かにしてもらおうか。人の迷惑はわかっているはずだ」

「おい、黙って聞いてりゃ生意気な口を利きやがって。おれ様を誰だと思ってやがる!」

どんと、モグラ顔が膝を立てた足で畳を踏んだ。

「静かにしろ。喚《わめ》かなくても聞こえておる」

春斎は耳をほじった。

「おれはこの街道筋ではちったあ名の知れた〈鉄釘《かなくぎ》の平次《へいじ》〉っていう男だ。ぐだぐだぬかしやがると、ただじゃおかねえぞ」

「それなら静かに寝ることだ」

「なんだと!」

〈鉄釘の平次〉の仲間が気色《けしき》ばんだ。ついで平次が煙管《キセル》を投げてきた。

春斎は投げられた煙管を、こともなげにすっとつかむなり身を躍らせ、目にも止まらぬ早さで平次の右目に煙管の吸い口をあてた。

「このまま突いて片目をつぶしてもいいんだぜ」

春斎は平次の襟をぐっと握りしめて、低い声でいってやった。

平次の仲間は腰を半分浮かして、長脇差に手を伸ばしていた。

「や、やめろ」

平次の顔色が変わった。狭い額に脂汗を滲《にじ》ませている。

「おれのいいたいことはわかっただろうな」

あうあうと、平次は言葉にならない声を発した。

ちゃりっと音がしたので、春斎は、平次の仲間をさっとにらんだ。

「下手なことをすると、この男の目がつぶれる。刀に手をかけたけりゃ、その覚悟でやるんだ」

長脇差をつかんだ男が手を放した。

「よし、それじゃ〈鉄釘の平次〉さんよ。おとなしくしてくれるかい」

「ああ、わかった。わかったから放しやがれ」

春斎は平次の後ろ襟を持ったまま、頭を思い切り畳に叩きつけた。

どんと鈍い音がして、埃《ほこり》が立った。

平次は小さくうめくと、目を白黒させて、ごろんと伸びてしまった。

「おめえたちも、おとなしく寝るんだ」

春斎は他の男たちにいい聞かせて部屋を出ようとしたが、待てと声をかけられた。

「おめえ、このままじゃすまねえぜ。覚悟しておくんだな」

「そうかい、それはご親切にありがとうよ」

「おい、おめえ名はなんという？」

「名無しの権兵衛だ」

そのまま部屋を出て、後ろ手で障子を閉めた。

元の部屋に戻ると、最前の亭主が大丈夫かと聞いてきた。

「意外に物わかりのよいやつらだった。これでゆっくり眠れるだろう」

亭主は片手を耳に当て、

「あれ、本当に静かになりましたね」

不思議そうな顔をして布団に潜り込んだ。

春斎もしばらくして横になったが、すぐに眠りはしなかった。〈鉄釘の平次〉があれですんなりおとなしくしてくれるとは思わない。

案の定だった。

四半刻（三十分）ほどして、平次らの部屋の障子が開き、廊下を忍び歩く気配があった。ミシッと板が軋《きし》むたびに、気配が止まる。しばらくしてまた人の気配が近づいてくる。

静かに瞼《まぶた》を開けた春斎の目が、有明行灯《ありあけあんどん》の薄い明かりを弾いた。障子が音もなく開けられ、人影が忍び入ってきた。

刺客は一人のようだ。春斎は薄目で相手を確認した。

平次だ。

懐に手を忍ばせ、匕首《あいくち》を引き抜き、そのますっと腰を落としてきた。

その瞬間だった。布団のなかに隠し持った春斎の五郎入道正宗が鞘《さや》走った。

行灯の明かりを弾く刃が、平次の首筋にあてられていた。

平次は息もできず、あんぐりと口を開けたまま体を凍らせていた。

「死にたいんだったらいつでもそうしてやるぜ、泥棒猫。ドスを放せ」

ようやく相手に聞き取れる声でいってやると、平次の手から匕首がこぼれ、布団に音もなく落ちた。

「よし、そのまま来たときと同じように静かに戻るんだ。わかったな」

「へ、へえ」

平次は唇を震わせた。目は驚愕《きょうがく》したように大きく見開かれたままだ。

「死にたくなかったら、戻れ」

「へっ、へ」

平次は抜き足差し足で後ろに下がり、そっと障子を閉め、そのまま足音を忍ばせて戻っていった。

四

翌朝は気温がさらに低くなり、しとしと降る雨は冷たさを増していた。

「それにしてもよく降りやがる。この様子じゃ雪に変わるんじゃないでしょうかね」

そういったのは、春斎が走らせた宿の手代だった。

春斎は軒下に立ったまま、そこここの宿から出てくる客に目を光らせていた。吐く息が白い。

「虚無僧はいなかったんだな」

「はい、そんな客はどこにも」

ふむ、そうかと春斎は無精髭をぞろりと撫でた。

使いに出した手代は、六、七人で泊まっている客もいなかったという。

賊は分散して泊まっているのか……。そうなるとわからない。

「早くからすまなかったな。これは気持ちだ」

春斎は手代に南鐐《なんりょう》（二朱銀）を握らせた。

「へい、これは過分に。ありがとうございます」

「問屋場《といやば》は向こうだったな」

「はい、右に行けばすぐでございます。朝餉《あさげ》の用意をしておきますのでお早めに」

「わかった」

春斎はしとしと降る雨のなかに足を踏み出した。足元がずいぶんぬかるんでいた。水溜まりを避け、ひょいひょいと跳ねて身軽に進んでいく。

問屋場にはすぐに着いた。人足たちはすでに仕事の準備を終えており、焚《た》き火を囲って客を待っていた。

問屋場の仕事には三つある。

旅人と荷物を運ぶ継立《つぎたて》。宿場の案内と紹介。最後が飛脚《ひきゃく》業務だ。

春斎は問屋場を仕切る惣代《そうだい》に会い、ここではじめて自分の身分を明かした。

「八州様でございましたか。それはご苦労様です」

浪人風情の身なりの春斎を警戒する目で見ていた惣代は、勘定奉行と関東代官が連判した御判物《ごはんもつ》を見ると、とたんに態度を改めた。御判物は、いわば八州廻りの身分証明書であるが、滅多に見せることはない。

見せたのは、惣代が殊の外用心深い男に見えたからだった。

春斎は賊の持った荷が七千余両の金ということは伏せて、いくつかの質問をした。

「六、七人の旅人でございますか……」

惣代は目を泳がせて、火に当たっている人足たちを眺めた。

「馬を使っておるやもしれぬし、荷は人足に持たせているかもしれぬ」

「はて、六、七人となりますと目立ちますからね……」

惣代はそういって、人足らにそんな旅人の荷を預かったことはないかと聞いたが、誰もが首を横に振った。

どうやら賊は人馬を使っていないようだ。もしくはまだここを通っていないのか。

春斎は賊の動きをつかめないまま引き返した。

賊は自分たちで荷物を担いでいる。そう考えたほうがいいかもしれない。

伝馬《てんま》や駄馬を利用する際には目方を量るが、ときに在の役人によって街道の要所で不正な荷物を摘発するための「貫目改め《かんめ》」が行われることがある。

盗んだ金がそんなことで露見したらことだ。賊は用心していると考えていいだろう。

それじゃ、ここを少し張ってみるか。

春斎は懐手をしたまま宿場の通りのずっと先を眺めた。

しとしと降る雨が鼻を伝って落ちた。宿から出てくる早立ちの客たちの姿が見られる。江戸に向かうもの、京方面に上っていくもの、それぞれだ。

少し先の宿から出てきた二人連れの女がいた。

ちらとこちらを向き、すぐに歩み出した。菅笠を被っていたのでよくはわからなかったが、どこかで見た女のような気がした。気のせいか……。

春斎は二人の女の後ろ姿をしばらく追って、くるりときびすを返した。

部屋に戻ると、熱を出して寝込んでいたみよはすでに起きて、出立の準備をしていた。

亭主も厠《かわや》から戻ってきたところで、顔を合わせると二人して丁重な礼を述べた。

「顔色がよくなったからもう大丈夫だろう」

「いろいろお世話になりました。また、どこぞでお会いしました折にはよろしくお願いします」

「なに、気にすることはない。達者でな」

「小室様もお気をつけて。それではわたしどもはお先に失礼させていただきます」

二人は深々と頭を下げて出ていった。

残った春斎は用意されていた膳《ぜん》に箸をのばした。

蜆《しじみ》の味噌汁に、タクアン、焼き魚に飯。

手代が気を使ったらしく、焼き魚は干し鯵《あじ》だった。飯櫃《めしひつ》のなかの飯を一粒残らず平らげると、金を払ってそのまま旅籠を出た。

柏尾川《かしおがわ》に架けられた橋を渡る。清澄な流れは曇り空の下でもきらきら輝き、川中の岩を削るせせらぎの音がした。

箱根側の立場《たてば》（駕籠舁《かごかき》の休憩所）を過ぎた松の木の下で立ち止まった。適当な石があったので、それに腰をおろす。

旅人たちはすでに動きはじめている。雨は昨夜ほどではなく、地面を湿らす程度だ。それでも道はじゅくじゅくとぬかるみ、至る所に水溜まりがある。

馬や人足を雇っているものもいるが、旅人の多くは自分で荷物を持っている。行商人はすぐにそれとわかる。薬売りは、背負い箱に「くすり」、茶売りは「お茶」という文字を書いている。

春斎は荷物を持つ男の旅人に目を光らせた。それも六、七人の集団だ。

しばらくして気づいたのは、江戸方面に下る旅人が少ないことだった。

これはどこかで足止めを食らっている証拠である。大名行列はすれ違う分には問題がないから、おそらく川留めにあっていることが予想される。

すると、箱根方面に向かう旅人も川留めにあうはずだ。

春斎はそんなことを考えながら、六間道《ろっけんみち》をやってくる旅人たちに目を注ぎつづけた。

東海道などの大きな街道は幅六間（約十・九メートル）となっているが、それも場所によってまちまちで、川崎宿以西は幅二間や二間半という道も少なくなかった。

一刻あまり賊らがやってこないか見張ったが成果はなかった。

やおら腰を起こした春斎は、首をコキッと一鳴らしして笠の顎《あご》紐を結び直した。先を急ぐことにする。昨日と同じく空には鼠色の雲が漂っている。陰鬱《いんうつ》な空だ。

戸塚から藤沢までは山道が多い。これがやがて長い下り坂に変わる。

道場坂《どうじょうざか》と呼ばれる坂で、途中に遊行寺《ゆうぎょうじ》という寺があるので、遊行坂ともいわれる。

一遍上人《いっぺんしょうにん》を宗祖とする時宗《じしゅう》の総本山で、小栗判官照手姫《おぐりほうがんてるてひめ》の墓がある。

坂を下り切る手前で異様な気配を周囲に感じた。雨を吸い込んだ藪《やぶ》や林が両側に鬱蒼としている。そこに獣めいた動き。

春斎は足を緩めることなく進んだが、神経は周囲に配っていた。

ザザッと、雨を吸った熊笹《くまざさ》が揺れ、黒い人影が飛び出してきた。行く手を塞《ふさ》ぐように前に四人。さらに背後に三人。

春斎は三度笠の庇《ひさし》を軽く持ち上げて、後ろを振り返った。

「昨夜はよくもやってくれやがったな」

モグラ顔をへらつかせた〈鉄釘の平次〉が立っていた。

仲間を増やして余裕がある。それに、脛当《すねあ》てと籠手《こて》をし、鎖帷子《くさりかたびら》を着込んでいる。随分と物々しい。

「なんの用だ?」

「なんの用だと。ふざけたことをぬかしやがる。いけすかねえ野郎だ」

平次はペッと地面に唾《つば》を吐いて、片頬を引きつらせるように笑った。

「おまえらに関わっている暇はない。どけ」

「おっと、そうはいかねえぜ」

前の四人が長脇差を抜いて立ちはだかった。

春斎の目が光る。

相手は気色ばんでいるが、強い殺気は感じられない。

「行きたきゃ、懐のものを置いていくんだ。そうでなきゃ」

「そうでなきゃ、なんだ？」

「斬って奪い取るまでよ」

平次はそういって、長脇差を抜いた。

「ならば、斬って奪え」

いうが早いか、春斎は身を躍らせ、前にいた一人の土手っ腹に、柄頭《つかがしら》をめり込ませた。

「あげっ」

虚をつかれた男が体を二つに折って、大地に倒れた。

春斎は足を一歩下げると、その勢いをかって刀を後ろに突き出した。鞘の鐺《こじり》が今まさに上段から打ちかかろうとしていた男の股間を突いた。

「ううっ」

男は刀を落とし、両手で股間を押さえてぬかるみをぴょんぴょん跳ね、藪のなかに倒れてうめきつづけた。

そんなことは意にも介さず、春斎の迅速な先制攻撃がつづく。

五郎入道正宗を抜き様に、一人の帯を斬った。はらりと着物がはだけ、男の小汚い褌《ふんどし》が覗いた。もうそれで戦意を喪失している。

さらに刀の峰を返すと、一人の胴を抜き、もう一人の肩を打ち砕いた。

ぐずつく雨を切るように反転すると、平次と正対した。はあっと気炎を吐くように息をする。

一人は怖じ気づいてへっぴり腰で二間（三・六メートル）ほど後ずさると、そのまま背を向けて脱兎《だっと》のごとく逃げていった。

春斎はもう一度峰を返した。

「そこに倒れているやつは峰打ちだから死にやしない。だが、今度は違うぜ〈鉄釘の平次〉」

「ま、待て」

平次の顔から血の気が引いた。

「おれたちと組まねえか。そ、損はさせねえ」

「ほう、どういうことだ？」

「その前にその刀をど、どけろ」

そういう平次は長脇差を構えたままだ。だが、すでに腰砕けになっており、ちょいと触ってやれば尻餅《しりもち》をつきそうだ。

「お、親分におめえを会わせる。ちょうど腕の立つものを探していたところなんだ。おめえだったら、きっと気に入ってもらえるはずだ」

「その親分てえのは、いってえどこのどいつだ」

「この街道筋じゃ知らねえものはいねえ〈土壁《つちかべ》の休蔵《きゅうぞう》〉って人だ」

春斎の片眉がぴくっと動いた。

知っている名だった。街道荒らしの親玉だ。

「そうかい。休蔵が、おめえの親分だったか。なるほどな……」

「やっぱ知ってたか。じゃあ、手を組もうじゃねえか」

「ああ、組んでもいいが、今はそんな暇はねえ。だが、よくいっておけ、いずれおれが挨拶にまいるとな」

「わ、わかった。伝えるから、斬らねえでくれ、おれを斬ったらうまい話がぱあだ。わかってるだろ」

平次はついに冷たい地面に尻餅をついた。

「おめえの名前を教えてくれ」

春斎は刀を一振りしてぶうんと、唸《うな》らせた。

ヒッと、平次は目をつむって息を呑む。

「関東取締出役・小室春斎だ。よく覚えておけ」

春斎は刀をもう一振りして、音もなく鞘に納めた。

「は、八州廻りだったのか……」

腰を抜かしている平次が、あわあわと声を震わせてつぶやいたとき、ばらっと髷《まげ》が乱れた。春斎は平次の元結《もとゆ》いを切っていたのだ。

第三章　街道荒らし

一

藤沢宿を抜けた春斎は先を急いだが、予想したとおり馬入川の渡しで足止めを食らってしまった。かといって渡河ができないわけではない。

川はこのところの雨で黄色く濁り増水しているが、流れは思ったほど急ではない。

「いつになったら渡れるようになる?」

渡船場《とせんば》の番人に聞いた。

「この分じゃ昼過ぎちまうだろうな」

そうかと、春斎は川を眺めた。どの船も人と荷物でいっぱいだ。

対岸の渡船場にも、こちら側と同じように船を待っているものたちが集まっている。

混雑をこれ幸いにと商売をはじめた屋台があった。順番を待つ間を利用し、荷物を解いて店開きする旅人もいる。

春斎は何人かの船頭に例の賊のことを聞いてみたが、それらしき男たちのことはわからなかった。

茶屋の縁台に腰をおろして少し不安になった。

賊はまだ江戸に残っているのではないか……。そうすると、自分はただ先を急いでいるだけで、まったく見当違いなことをしているのかもしれない。

どうしたものかと考えて酒を飲んだ。

煮干しを囓《かじ》って、空を見る。

雨はようやくやんだが、晴れ間は見えない。風に吹かれる黒い密雲が動いている。

風が強くなり、茶屋に立てかけられていた簾《すだれ》が吹き飛ばされた。頰被《ほおかぶ》りした女たちの手拭《てぬぐ》いがパタパタ音を立て、髪を乱れさせた。

春斎は三度笠《さんどがさ》をつかむと、雨を振り払い、風に飛ばされないように道中合羽《ガッパ》の後ろに回して、紐《ひも》を結んだ。

ちびちび酒を飲み、やってくる旅人たちを見やる。

賊の人数は〔扇屋〕の姉妹の話から六人から七人。手代として潜り込んでいた秀次を入れると、多くても八人。

——奴らは、二組に分かれて移動しているのか。それともバラバラになっているのか。

いかようにも考えられるが……。

春斎が川を渡れたのは、それから一刻半（三時間）もしてからだった。

平塚宿に入ると、例によって問屋場に寄り、賊について聞き込みをしたが、ここでも手がかりなしだった。自分の探索行に不安を覚える。

しかし、万が一賊が先を行っていると思えば、足を緩めることはできない。

平塚宿を過ぎ花水川《はなみず》を渡ると、右手に高麗山《こまやま》の偉容が見えた。もっとも霧のような雲に上から半分がすっぽり覆われていたが。

やがて左手に相模《さがみ》湾が広がってくる。白波の打ち寄せる浜は、いかにも寒々しい。風にあおられて空に舞う鷗《かもめ》と鳶《とんび》の姿があった。

道中合羽が風にあおられ音を立てる。

春斎は大地をしっかり踏みしめ、吹きつけてくる風に向かって前のめりに歩く旅人を何人も追い越していった。

それでも大磯宿に着いたときは、とっぷり日が暮れていた。戸塚から五里二十六町（約二十一キロ）を稼いだことになる。

まずは問屋場に行って賊の聞き込みをした。成果なし。

問屋場の惣代の紹介で宿に入る。

「ここはなかなかの宿です。小室様もきっと満足いただけるはずです」

案内をしてきた惣代は、意味深な笑みを浮かべた。

春斎が首をかしげると、

「相模女は殊の外情《なさけ》が深《ふこ》うございます。戸塚宿の飯盛女もなかなかの評判ですが、この宿はまた格別に……」

惣代は声をひそめてにやりと笑う。

春斎はなるほどそのことだったかと得心顔をした。

つぎの小田原宿は城下町ゆえ、宿に淫売を置くことが禁じられている。自然、飯盛女などの女郎はひとつ手前の大磯で稼ぐことになる。

「それならひとつ頼もうか」

部屋に納まっていうと、惣代の相好《そうごう》が崩れた。

――こやつ、裏で淫売を取り仕切っているのか……。

春斎は勘ぐったが、表情には出さない。

「それじゃ、すぐにも」

「待て、頼みとは気の利いた番太を呼んでほしいのだ。どうにも今やっておる探索がはかばかしくない」

「番太、でしたか」

四十がらみの惣代は、案の定期待外れの顔をした。

「いえ、それならすぐに手配いたします。しばらくお待ちを」

「おらぬか」

「ここで待っておる」

へいへい、と腰の軽そうな惣代は下がっていった。

春斎のいう番太とは、八州廻りが廻村の際にその手足となって働く、一種の岡っ引きである。この上には、取締掛《がかり》の目となり鼻となって働く道案内がいる。道案内が番太を指図するのだが、春斎はこの道案内より番太を重要視していた。

道案内は村役人やその縁者が多い。一方の番太は、同じ村の男でもグレ者出身が多い。蛇《じゃ》の道は蛇《へび》というが、犯罪の取締りにはこういったグレ者のほうが鼻が利く。

春斎は番太が来るまでの間、夕餉《ゆうげ》の膳《ぜん》を運ばせ酒を飲み、愛刀の手入れをした。目貫《めぬき》と柄《つか》巻《ま》きの締まり具合を確かめ、本身を鞘《さや》から抜いて反り身を見た。

峰打ちをしたぐらいで具合が悪くなるわけもないが、念には念を入れておく。

それが、小野派《おのは》一刀流の流れを汲《く》む中西派《なかにし》一刀流の宗家・子啓《たねひろ》から直々の教えを受け、天真伝《てんしんでん》一刀流の開祖・寺田五右衛門《てらだごえもん》を倒した男の心構えだった。

「小室様ですか?」

不意に障子の向こうで声がした。

「入れ」

返事をすると、継《つ》ぎ接《は》ぎだらけの越後縮《えちごちぢみ》の袷《あわせ》を着た男が現れた。空っ脛《すね》でなく蒲色《がまいろ》の脚絆《きゃはん》を巻いている。

年の頃二十歳前後だろう。顔に幼さが残っているが目に隙《すき》はない。

「名は？」

「勘助《かんすけ》と申します」

勘助はじっと春斎を見つめたまま答えた。

――なかなか肝の据わった男のようだ。

「それでなにをしていた？」

「は？」

険しかった勘助の目が泳いだ。

「どんな悪さをしていたと聞いているんだ？」

「……しょうもない、こそ泥です」

バツが悪そうにいって勘助はうつむき、耳の後ろを掻いた。

「まあ、いいさ。気にすることはねえ。膝《ひざ》を崩しな」

春斎は大雑把に経緯《いきさつ》を話し、用向きを伝えた。

「それじゃ、その賊がこの辺を通ったか、この宿にいるかを調べればいいんですね」

「それでいい。まだこの宿に入っていないことも考えられるが……」

「それじゃ早速に」

「待て」

「外は雨か？」

「いえ。やんでおりますが、雪が降りそうな気配です」

「そうか。取っておけ」

春斎は小粒（一分金）を投げた。

さっと片手で受け取った勘助は、小粒を見て驚いたように目を見開いた。口もわずかに開けた。

「早く行け」

はっと、返事をした勘助は身をひるがえして消えていった。

八州廻りの探索にかかる費用は、勘定奉行で賄《まかな》われるが、それは小者・雇足軽の給金、馬の駄賃などで他の費用はビタ一文支払われない。日当二百七十文も出るが、それも探索時の旅籠《はたご》代で消えてしまう。

よって、春斎が手にする給金は年二十五両――この年、春斎は働きが認められ五両加増されていた――きりである。

探索の折には、さきほど勘助に気前よく駄賃をやったようなことをするので、決して楽な暮らしはできない。

女房子供を抱えたもののなかには、博打場《ばくち》に踏み込みテラ銭を着服するものもいる。こういったことが露見しても、上は見て見ぬふりをしていた。

二

番太の勘助は春斎の指示に従い忠実に動いていた。

この仕事をするようになって半年ほどになるが、自分の性に合っていると思っていた。これまでは仲間と面白半分で悪いことをしてきたが、それも単に仲間外れにされたくなかったからだし、仕事がなかったせいだった。

しかし、いつも良心の呵責《かしゃく》があった。それに弱いものいじめが嫌いだった。

なにかと目をかけてくれていた名主に八州廻りを紹介され、番太となってからの勘助はそれまでの生き方を悔い改め、こそこそ生きずに正道を歩こうと決めていた。

給金は少なかったが、勘助はこれが自分の生き甲斐《がい》だとさえ思っていた。

勘助は春斎に指示されたように問屋場を訪ね、顔見知りの年寄りに事情を話し、裏の大部屋に回った。

ここは三十畳ほどの広さで、筵《むしろ》敷きの板の間があり、仕事を上がった人足らがゴロゴロたむろして、博打を打ったり酒を飲んで暇をつぶしている。

この人足部屋を取り仕切るのが「人足指《にんそくさし》」と呼ばれる部屋頭だ。

人足らの労賃をくすねるいけ好かない男だが、

「……そういうわけで、心当たりのある旅人を見たら知らせてください」

勘助は頼み事をする手前、下手に出る。

「ああ、目を光らせておくさ。それで、そんな野郎がいたらどこに知らせりゃいい」

「浜屋《はまや》」に小室っていう八州の旦那《だんな》がいます」

「そうかい。なにかあったら知らせるよ。おまえも真面目になったもんだな」

人足指は、カンと煙管《キセル》を叩《たた》いて感心したように首を振った。

「いい心がけだ。しっかり精を出しな」

これで問屋場の人足たちの協力は得られるだろう。勘助はそれから一軒一軒の旅籠を回っていった。

大磯には三軒の本陣を含め、六十六軒の旅籠がある。それを虱潰《しらみつぶ》しにあたっていく。骨は折れるが、仕事に燃えている勘助は苦とも思わない。

それに、勘助が聞き込みをして回るのは、一般の旅籠だけではなかった。

旅人のなかには懐の侘《わび》しいものや、あまり人前に出られないお尋ね者もいるし、ケチなヤクザもいる。そんな旅人たちは、宿外れの河原に建てられた「流れ宿《やどぐ》」あるいは「善根宿《ぜんこんやど》」と呼ばれる粗末な宿に泊まる。

勘助はそんな宿にも足を延ばしたが、魚が浮きを引くような手応えはなかった。吹きっさらしの暗い街道に立った勘助は、腕を組んで潮騒の音が聞こえる海に目を注いだ。こりゃあ、もうちょいと足を延ばすべきか。

――小室さんはなかなかの人物だと見た。もう少し頑張ろう。

勘助は春斎にもらった小粒をぎゅっと握りしめると、それを懐の奥にねじ込んで、闇《やみ》のなかを走りはじめた。冷たく刺すような風が頬や剝き出しの肌に当たってくる。

それでも勘助は走った。

めざすのは二宮《にのみや》だった。ここは大磯から一里半の場所にある、「間宿《あいのしゅく》」と呼ばれる小さな集落だ。この二宮の先に酒匂川《さかわがわ》がある。その先が小田原だ。

本宿と違い、この宿の旅籠や木賃宿《きちんやど》は少し泊賃が安く、徐々に賑《にぎ》わいを見せている。新しくここに宿を建てる商売人も増えていた。

それでも、十数軒しかない。あまり遅くなると、旅籠に迷惑がかかるから急いで回った。だが、期待するような成果を手にすることはできなかった。

――これであきらめちゃいけない。

真面目な勘助はもう少し粘るべきだと考えた。大磯宿には〈土壁の休蔵〉が仕切る賭《と》場《ば》がある。

八州廻りが追っている賊が紛れ込んでいるかもしれない。外道はそういった場所に鼻が利き、また博打好きが多い。

なにか手がかりを得られるかもしれないと勘助は目を光らせた。

再び来た道を疾風《はやて》のように駆け戻った勘助は、大磯の宿場外れの賭場に飛び込んだ。

二十畳ほどの土間に筵が敷かれた屋内は、蠟燭《ろうそく》と柱にかけられた行灯《あんどん》のせいで煌々《こうこう》としている。寒さをしのぐために火鉢があちこちに置かれており、鉄瓶《てつびん》から立ち昇る湯気と片肌脱ぎの男たちの熱気でむんむんしていた。

くぐり戸を抜けて土間に入ると、サイコロ賭博《とばく》に熱中している男たちの視線を浴びたが、それも一瞬だった。

勘助は客たちを眺めていった。知らないものが何人かいる。

土間の奥に丸火鉢を抱き込み、丹前《たんぜん》を肩がけしている〈土壁の休蔵〉がいた。つるっ禿《ぱ》げ頭に薄い眉《まゆ》、ギョロリとした双眸《そうぼう》。瓢簞《ひょうたん》のような福耳をしていた。

「勘助、こんな夜更けになんの用だ?」

声をかけてきたのは、昔の仲間の平次だった。親分の休蔵に米つきバッタのようにかしずいている男だ。

「ちょいと人を探してるんだ」

そういうと、平次がいたぶるような目を向けてきた。

「まあ、そんなとこに突っ立ってねえで、こっちに来なよ」

平次が自分のそばを勧めた。干し昆布を囓り、欠けた湯呑みで酒を飲んでいた。

「探してるってのはどんな野郎だ？」

「人殺しだ。江戸で札差一家を皆殺しにした外道だ」

「ひょー、そりゃまた派手なことをした野郎がいるもんだ」

「賊は六人か七人と見られている。そんな男たちを見たことねえか。ここにも知らない客の顔があるが……」

勘助はそんな客の顔を窺《うかが》い見た。

「おうおう、うちの客に因縁でもつけようってのかい。つれねえやつだと思ってはいたが、おめえはほとほと見下げた野郎になっちまいやがった」

「へん、おめえにそんなこといわれたかねえよ」

いい返すと、平次は隣の仲間とあきれたように顔を見合わせた。それから、体を向け直すなり、勘助の頬をぴたぴた叩き、

「いつからそんなでけえ口叩くようになりやがった。いい気になってるとただじゃおかねえぞ」

平次がそういったとき、奥から声がかかった。

呼んでいるのは休蔵だった。顎《あご》をしゃくり、

「平次、勘助をここに連れてきな」

と、丹前を羽織り直した。

勘助は客の間を縫うように平次のあとに従って休蔵の前に座った。

ぎょろっとした目が勘助を射抜くように見る。口をへの字に曲げた休蔵は、ぷかりと煙管を吹かして口を開いた。

「最近、付き合いがわりいと思っていたら、なんだてめえ、八州廻りの犬ッころになっているんだってな」

「…………」

「銭になるのかい？」

「……たいしたことはないです」

休蔵の前に来ると、怖《お》じ気《け》そうになる。

「いい暮らしがしたけりゃ、またおれの仕事を手伝え。わりいようにはしねえからよ」

「生憎ですが、休蔵の親分。あっしはもうこんな渡世からは足を洗ったんです」

勘助は勇を鼓舞していった。

休蔵の目がぐりっと剝《む》かれ、隣の平次も眉を険しく吊《つ》り上げた。

「もう、あんたらと関わりになるのはごめんだよ。これまでのおれとは違うんだ」

「なにを……」

休蔵は奥歯をギリッと嚙《か》んで、顔を紅潮させ目を血走らせた。だが、どうにか自制し

たようで、

「そうかい、おめえも出世したってわけだ。それで、なんの用でここに来やがった？」

休蔵は苛《いら》ついたように煙管を吹かした。

勘助が賊の話と用向きを話すと、休蔵がカーンと煙管を火鉢に打ちつけて声をあげた。

「客分さんたちや、ちょいと聞いてくれ！」

全員の顔が休蔵に向けられた。

「なんでも江戸で十何人殺した賊がいるそうだ。賊は六、七人で街道を上って逃げているらしいが、そんな野郎を見たことはないかい？　ひょっとしてここにその仲間が紛れ込んでいるんじゃねえかと、ここにいらっしゃる八州の犬ッころみてえな岡っ引きが疑ってやがるんだ」

侮辱した物いいに勘助は唇を噛んで耐えた。

「なんだと、おれたちが人殺しだとぬかしやがるのか。こちとら江戸なんざ、三年も前《めえ》から行ってねえよ」

「おれだってこの宿から出たことがねえんだ」

「疑うんだったら番所でもどこへでも出ていってやらあ。その代わり、なんでもなかったらただじゃおかねえからな」

賭場の客たちが口々に喚《わめ》いて勘助を脅すようににらんだ。

勘助も、覚えのない客たちをじっと見返し、その顔を脳裏に焼きつけた。化けの皮を被っていることがわかったら容赦はしねえ。拳《こぶし》をぎゅうと固めた。

「勘助、聞いたとおりだ。うちの客にそんな悪党はいねえよ。この〈土壁の休蔵〉が首を賭けてもそんなものはいねえと、はっきりいわしてもらうぜ」

休蔵は自分の首を手刀で叩きながらにらみを利かした。

勘助はぐっと下腹に力を入れて、休蔵を見返した。これほどまで断言されれば、休蔵の言葉に嘘《うそ》はないだろう。街道を荒らす悪党のくせに、妙に潔白なところもあるのだ。勘助はそんな休蔵のことを知っている。ここは引き下がったほうがよさそうだ。

「とんだお騒がせをしやした。親分の言葉を信じて、帰らしてもらいます」

膝を正して、立ち上がろうとしたが、

「待ちやがれ」

と、休蔵が呼び止めた。

「平次を可愛がった八州の犬がいるそうだが、おめえを使っているのは誰だ?」

「……小室春斎という取締掛です」

その瞬間、平次の目がくわっと見開かれ、なにかを訴えるように休蔵を見やった。

「そうか、おめえを使っているのが小室って野郎だったか。なんでもおれに挨拶《あいさつ》したがっているそうだな」

「それは聞いておりやせん」

「ふふ、いいってことよ。それならそれと、こっちから挨拶に行ってやるさ。もう目障りだ、早く行け」

休蔵は蝿《はえ》でも追い払うように手を振った。

屈辱に耐えながら勘助は腰をあげたが、休蔵が平次たちに何気ない合図を送ったのには気づかなかった。

賭場を出た勘助はホッと肩の力を抜いた。やはり緊張していたのだ。

冷たい外気にあたり、襟を正して空を見上げた。真っ暗だ。

いやな夜だと思いながら、春斎の待つ〔浜屋〕に足を向けた。通りには旅籠の行灯がかかっているぐらいで、人の足は絶えていた。

「おい、待ちな」

背後から声をかけられたのは、たいして歩かないうちだった。振り返ると、平次の顔が闇のなかに浮かんでいた。他にも四、五人の黒い影がある。

「なんだ?」

いったと同時だった。

太腿をしたたかに棍棒《こんぼう》で殴られ、激痛に悲鳴をあげる足が頽《くずお》れ、両手をぬかるむ地面についた。今度は背中に強い衝撃があった。うめきをあげるのが精一杯で、抵抗などできなかった。

襲いかかってくる衝撃は背中だけではなかった。首や頭、尻や腰や太腿を滅多打ちにされていた。

勘助はなんとか逃げようと泥道のなかを転げ回った。

平次らは口々にこの野郎、ふざけやがって、舐めたことしやがってなどと罵声《ばせい》を吐きながら、棍棒で叩くだけでなく足で蹴ったり拳で殴りかかってきた。

……気がついたのはそれからどれくらいたってからだろうか。

冷たい泥水が頬にあたっていた。鼻先でくんくん匂いを嗅《か》いでいる犬がいた。

腫《は》れ上がった瞼《まぶた》をこじ開け、ううっとうめくと、犬が驚いたように逃げていった。

勘助は両手を水溜まりに突っ込んで体を起こした。それから両足を引きずり寄せて、立ち上がったが、体のあちこちに激痛があり、顔がゆがんだ。

ゆがんだ顔にも鈍い痛みがあった。後頭部がズキズキした。頭に手をあてると、ぬるっとした感触があった。頭を割られたらしく、血が流れていた。

唇も腫れぼったく、うまく声を出すことができなかった。

ヨタヨタと通りを歩き〔浜屋〕をめざしたが、何度も旅籠の壁にもたれかかったり、あるいは蹲《うずくま》らなければならなかった。

それでもなんとか立ち上がって足を踏み出したが、また目眩《めまい》がしてそのまま倒れ込んでしまった。倒れたとき音を聞いたようだが、意識が遠のき、視界は真っ暗な闇に閉ざされた。

そして、つぎに目を覚ましたときは明るい部屋のなかだった。

目の前に女がいた。心配そうな顔で覗き込んでいる。

「ここは……」

声を出すと、唇がひりひりした。女がその口元を手拭いで拭《ふ》いてくれた。

「じっとしてたほうがいいわ。でもやっと気がついてくれたのね」

「あ、あんたは……」

声を漏らして目を動かすと、もう一人女がいた。瓜二つだ。双子の姉妹か。

「なんだか知らないけど、この宿の表で倒れていたのよ」

「宿……」

「そうよ、あたしが湯殿から部屋に戻っていると、玄関で腰を抜かしそうな大きな音がしたので、出てみるとあんたがひどい恰好で倒れていたのよ」

「それに泥だらけの血だらけで、放っておけないから、ここの主《あるじ》に頼んで、無理を聞いてもらったの」

「それはすまないことを……アイタタタ……」

起き上がろうとしたが、体のあちこちが痛くて悲鳴をあげた。

「無理しないで明日の朝まで休んでいたほうがいいわ」

二人の女はやさしく布団をかけてくれた。

名前を聞くと、口元に小さな黒子《ほくろ》のあるのが姉のきよで、もう一人は妹のきぬといった。

「おれは八州様に仕《つか》える番太で勘助という」

「まあ、八州様の……」

きぬが少し驚いたような顔をした。

「今、何刻だかわからないか？」

「さあ、もう大分遅いはずよ。宿の客も寝静まっているし、四ッ半（午後十一時）近いんじゃないかしら」

「そうか、もうそんなになるか……」

薄い行灯の明かりに沈んでいる部屋を眺めると、自分の着物が乾してあった。

「あっ」

「どうされました？」

きよが顔を覗き込んできた。

「おれの着物……」

「泥だらけだったので湯殿で洗っておきました。明日の朝までには乾くでしょう。それから財布もちゃんとありますよ」

きよは勘助の財布を見せた。

「この宿賃はおれが払う。とんだ迷惑をかけてすまねえ」

「そんなことは気にしなくていいわ。おとなしく寝てたほうがいいわ」

きよはやさしく微笑《ほほえ》む。

「頼み事をひとつ聞いてもらえないか」

「なに？」

「この近くに〔浜屋〕という宿がある。そこに小室様という八州廻りが泊まっている。呼んできてもらえないだろうか」

「八州廻りの小室様……」

きよときぬは口を揃《そろ》えてつぶやくと、目を丸くして互いの顔を見合わせた。

三

部屋を訪ねてきた女の顔を見て、春斎は目を瞠《みは》った。

相手も驚いたような顔をしていた。

「やはり、小室様でいらっしゃいましたか」

「そなたは〔扇屋〕の……」

「きよでございます」

「何故《なにゆえ》こんなところに？」

「それより、大変なことがあるんです。番太の勘助さんという方が」

「勘助がどうかしたか？」

眉根を寄せた春斎に、きよは早口で事情を話した。

「すぐにまいろう」

床の間に立てかけていた差料を手にすると春斎は立ち上がった。

外はすっかり冷え込んでいた。提灯《ちょうちん》片手に急ぎ足で前を行くきよを春斎は追った。

吐く息が夜目にも白い。

きよときぬが泊まっている旅籠〔潮屋《うしおや》〕はすぐ近くだった。玄関横のくぐり戸を入るとき、春斎は近くに人の気配を感じた。

足を止め背後を振り返ると、気配が消えた。周囲は深い闇に塗り込まれている。

路地で猫の鳴き声がして、どこかで犬の遠吠《とおぼ》えが聞こえた。

「いかがされました？」

通りに目を凝らしていると、きよが声をかけてきた。

「……なんでもない」

きよときぬの部屋に入った。

「そのままにしておれ」

身を起こそうとした勘助を春斎は押し止めた。

「なにがあった？」

勘助はひどい顔になり果てていた。切れた唇は青黒く腫れ、瞼も塞《ふさ》がったようになっている。

「昔の仲間にやられまして……」

「昔の仲間？」

「はい、〈土壁の休蔵〉というこの辺を仕切っている街道荒らしの仲間です」

春斎はもしや〈鉄釘の平次〉ではと思ったが、口には出さなかった。

「なぜそんなことに？」

勘助はことの成り行きを順序立てて話していった。

春斎はきぬが入れてくれた茶を飲みながら耳を傾けたが、勘助の熱心な仕事ぶりに感動していた。足を棒にしてあちこち走り回ってくれたのだ。それも自分の気づかぬ場所まで足を延ばしている。

「おれが無理を頼んだばかりに、とんだ災難にあったな」

勘助の話を聞き終えた春斎は、深いため息をついた。

「旦那のせいじゃありやせん。あっしはただお力になれるならと、動いただけです」

「いや、おまえの働きぶりには頭が下がる。どれ」

春斎は勘助の布団を剝ぐと、彼の腕や胸などを触ってみた。

「折れている骨はないようだ。打ち身が引けばじき治る。そう心配することはないだろう。それにしてもひどいことをしやがる」

そういって、きよときぬに顔を向けた。

「勘助に代わって礼を申す。そなたたちがいなければ、この男は凍え死んでいたかもしれない。命の恩人だ」

「そんな大袈裟《おおげさ》です。たまたまこうなっただけですから」

きよは困った顔をして、きぬを見やった。

「しかし、二人ともなぜこんなところに？」

「それは……」

と、口籠《くちご》もったきよに構わず、

「仇討《かたき》ちの旅をしているのでございます」

きぬがきっぱりといった。

「……仇討ち……」

つぶやいた春斎に、きぬは自分と殺された琉球使節・高良朝薫、そして姉・きよと手代だった秀次の関係を話した。

先日春斎が〔扇屋〕で会ったときには聞けなかった話だった。

「このままでは、むざむざ殺された人たちは浮かばれません。それで、姉とあたしは心を決めたのです。なにがなんでも秀次だけでも……」

話し終えたきぬは悔しそうに唇を一文字に結び、黒目勝ちの瞳《ひとみ》を凜《りん》と輝かせた。

「気持ちはわからなくもないが、女二人では……」

ふむと、春斎は考え込んだ。

仇討ちは美風とされ、幕府もこれを公認しているが、悲惨な所業でもある。討手はどこにいるとも知れぬ相手を追って歩き回らねばならず、いつ果てるとも知れない旅になる。いつしか路銀が途絶え、路傍に彷徨《さまよ》い、身をやつして物乞《ご》いをするものもいるし、行き倒れてしまうことも少なくない。

しかし、二人の仇は、春斎が追う賊でもある。力になってやりたいが、姉妹の仇討ちは無謀としか思えない。

「こういってはなんだが、そなたたちの恨みはこの小室春斎が見事果たしてみせる。悪いことはいわぬ、このまま江戸に帰られたほうがよいと思うが……」

春斎はじっときよときぬを眺めた。

二人はしばらく考え込むようにうつむいたが、やはり妹のきぬが毅《き》然《ぜん》と顔をあげた。

妹は気丈なようだ。

「小室様のお邪魔になるようなことはいたしません。どうかあたしたちを連れて行ってもらえませんか」

「ならん」

春斎は静かに、そして強く拒否した。

「拙者《せっしゃ》の仕事に女は足手纏《まと》い。同情の余地はあるが御免蒙《こうむ》る」

きぬは悔しそうに唇を噛んだ。

「悪いことはいわぬ、よく考えることだ。相手はただの人殺しではない。賊のなかには殺しに慣れた外道がいる。そんなやつらを前にしてなにができよう。おきよさん、おきぬさん」

「…………」

「江戸に戻りなされ。いずれにしろ箱根は越えられぬはずだ」

春斎は、悔しそうにうつむく姉妹を眺めた。

通夜の晩を抜けて急ぎ旅に出たのであれば、手形は持っていないはずだ。

この時代、旅には身元を証明する往来手形か関所手形が必要だった。往来手形は檀那寺が、関所手形は町人の場合、町の大家か名主が発行する。手数料は百文程度だったので誰でも自由に旅ができた。

ただし、仕官している武士の場合はそうはいかない。私用の旅や長期旅には上役や藩主などの許可を必要とした。

「それじゃ、小田原までで も……」

ぼそりと声をこぼしたきよは、そっと妹のきぬの手に自分のを重ねた。

それがその場しのぎの言葉だとわかったが、春斎はもうなにもいわなかった。手形がなければ、街道一厳しい箱根の関所は越えられない。

それに関所抜けには厳罰が待っている。いずれ箱根で追い返されるだろうと、春斎は考えた。

「もう夜も遅い。勘助はおれが宿に連れて帰ろう」

そういったが、姉妹はそれはいけないと声を合わせた。

「お着物はまだ乾いておりませんし、今夜は動かさないほうがよいのではありませんか。あたしたちは屏風《びょうぶ》の向こうで休みますので」

きよがいうように部屋は屏風で仕切られ、その向こうに床が延べられていた。

春斎は勘助の様子を見て、

「それでは勘助、外も寒いことだし、今夜は甘えさせてもらえ」

申し訳ないですと、言葉を返す勘助は、きよときぬに目顔で礼をいった。

外に出た春斎はぶるっと身震いして肩をすぼめた。

「それにしても困った女たちだ……」

こぼした声は、春斎の総髪を乱す風にさらわれていった。

自分の宿に近づいたとき、また闇のなかに人の気配を感じた。ぴたっと足を止め、ゆっくり周囲に目を光らせたが、なにも見えなかった。

「……なんの用か知らぬが、どうやら犬がうろついているようだな」

誰にいうともなくつぶやいて、春斎は宿に入った。

四

その頃、ひとつ先の小田原宿の一軒の旅籠で、秀次と辰五郎たちは足止めを食らっていた。その朝、小田原を出た薩摩の大名行列が、箱根から動かないという知らせを受けていたからだった。

秀次は隣の部屋の床に入った仲間の鼾《いびき》を聞きながら、眠れない夜を過ごしていた。そばに侍《はべ》らせていた芸者は船を漕《こ》いでいる。

芸者といっても芸のない女郎にすぎない。小田原は城下町ゆえに女郎への取締りが厳しく、公然と〝商売〟をやるものはいない。が、それは表向きのことであって、数は少なくとも取締りの目を盗んで客間に上がる女郎芸者は存在した。

なかには取締方を買収して客を取るものさえいた。こういったことは世の常である。

「くそ」

秀次は徳利を逆さにして酒を搾《しぼ》り出そうとしたが、もう一滴も残っていなかった。

金は腐るほどあるが、派手に大盤振舞いをすると人の噂《うわさ》に上る。秀次はいい気になって遊びたがる仲間を諭すのに一苦労していた。

宿泊する旅籠も上等でなく並みに抑えていた。箱根を越え、三島に着くまではなるべく目立たないことが肝要なのだ。

「いい気なもんだ」

もう一度ぼやいて、スルメを齧《かじ》り、鼾のする部屋を眺めた。

明日は箱根を越えたいが、大名行列が動かなかったら、しばらく小田原から動くことはできない。もし、箱根宿に滞留している大名行列を追い越すとなると、厳しい荷物改めにあうことは必至。それだけは避けなければならない。

「おい」

秀次は床柱にもたれて眠りこけている女を起こした。

女はビクッと跳ねるように目を覚ましたが、それでも寝ぼけ眼《まなこ》だ。

「下に行って酒をもらってきてくれ」

「ええ、こんな時分にかい……もう誰も起きていないんじゃないのかい」

「つべこべいわず行ってこい。台所に行きゃあ酒樽《さかだる》がある。誰もいなけりゃ一掬《ひとすく》いもらってくりゃいい」

はい、はい、と女は気乗りのしない顔で重い腰をあげた。まだ、なにもしていないのに、着物をだらしなく乱れさせていた。

「けっ、こんなとこでしょんべん芸者を買わなきゃならねえとは……」

さっきからぼやいてばかりの秀次は、火鉢の炭を整えた。

赤い熾《お》き火に息を吹きかけると、小さな炎が上がった。煙管に刻みを詰めて火箸で炭をつまんで火をつけた。

紫煙をくゆらせながら、仲間のことを考えた。箱根越えには馬子《まご》を雇うつもりだが、それも途中で始末する必要がある。

関所を抜けたところで、銀蔵の息のかかった手下も始末する。三島には三人で入ればいいし、盗んだ金の一部二千余両は辰五郎の家に預ける。銀蔵に渡すのは五千両で充分だ。それだけでも分け前はたっぷりもらえるはずだった。

そのことを思うと、秀次の顔が自然にほころぶ。

三島に戻ったら、江戸働きの憂さをたっぷり晴らそう。ニタニタしていると、女が戻ってきた。

「いわれたとおりにもらってきたよ。燗《かん》はしてないけどね……」

「なんでもいいさ」

秀次は女の酌を受けて、酒をあおった。

「それにしても兄さんはよく飲むねえ。あきれちまうよ」

「おめえも一杯やりな。今夜は飲み明かそうぜ」

秀次は女を引き寄せ、頬ずりをしてやった。

「それよっか、あたしゃもう寝たいんだけど……」

駄目かい、とつづけて、女は秀次の股間に手を這わせた。

「……そうだな、それも悪くねえな」

秀次はぐい飲みの酒を一息にあおると、女の胸に手を差し込んだ。

やわらかな乳房だ。そっと揉《も》みしだき、指先で乳首を転がすと、女はうっとりした目になり、唇を薄く開けた。

――なんだなんだ、結構色っぽい顔しやがるじゃないか……。

男として生まれ持った欲が鎌首をもたげた。

白粉《おしろい》の落ちかけた首筋に舌を這わせ、帯をほどいて着物をはだけさせた。女の片手は硬くなりはじめた秀次の一物を握って放さないばかりか、ゆっくりしごきだした。

秀次は女の襦袢《じゅばん》を開き、腰巻きをむしり取った。

有明行灯の明かりのなかで、剝き出しにされた女の姿態がなまめかしく浮かび上がった。

秀次は酒でぬめるように光っている唇を、女の胸にそっとつけた。大きな胸はひしゃげたようになり、両側にこぼれている。

くびれをなくした女の腰に空いた手を這わせ、むっちりした太腿と尻に運んでゆく。肉置《ししお》きのいい女だ。

女の手は秀次の一物をしごきつづけていた。そのせいで猛《たけ》り狂ったように勃起《ぼっき》している。

秀次は体を沈め、乳首を舌先で転がし、徐々に頭を下げていった。

指先で茂みを探ると、しっとり濡れている。

臍《へそ》をねぶり、骨盤を舐め、太腿の裏を丹念に刺激してやった。

女の口から小さな喘《あえ》ぎ漏れる。

たぷたぷの太腿の裏を舐め回し、秘所に舌先を伸ばした。ぴくっと女の体が反応した。首を振って眉間《みけん》に皺《しわ》を寄せた。

ぐいっと舌先を女陰内《ほと》に挿入させ、たっぷり潤っている蜜を掬いながら、肉襞《にくひだ》を突いてやった。女の腰がわずかに上がり、両手で秀次の頭をつかんだ。

「来て」

蚊《か》の鳴くような声で誘う。

秀次はすぐには誘われず、女の秘所を指と舌を使って交互に責め立てた。浮いた女の腰が左右に揺れ、喜悦の声を漏らしつづける。

秀次の肩を女が強くつかみ、爪《つめ》を立てた。

「はあ、もう、もう……早く……ねえ、あんた……」

秀次は顔を上げると、女の腰をつかみ裏返しにしてやった。心得たもので、膝を立てて尻を突き出してくる。

ぐいと反り返った一物を女の秘所にあてがうと、するりと入った。

両手で女の腰をつかんで、自分の腰を振った。

肉と肉がぶつかる音が、静かな室内にこだまする。

両手を伸ばした女の爪が畳を掻き、いやいやをするようにかぶりを振る。

秀次は動きを早めた。女の肉がぎゅっと締めつけ、そして解き放ちまた締める。一物は奥深く突き進み、また浅く引き抜かれようとする。その瞬間、女の肉襞が放さないとばかりに締めてくる。

「うう……はあ……ああ、ああッ……」

秀次は激しく責めながら、三島に戻ってからのことに思いを馳《は》せた。明るい将来が待っている。これからはなに不自由することなく暮らすことができる。

おもしろくもない仕事を三年も、真面目腐った顔でやってきたのだ。何度もいやになったが、これから先のことを思って辛抱してきた。

そんな過去を思い出すと、瞼の裏にきよの顔が浮かんだ。口元にある小さな黒子が、男の気をそそり、ついいい仲になってしまった。

口惜《くや》しいのはあの女をもう抱けないということだけだ。だが、それがなんだ。女なんか腐るほどいるし、その気になりゃ三島一の女をもらうことだってできる。

「ふっふふ……」

小さな笑いをこぼした秀次は一気に弾けた。女はすすり泣くような声を漏らして、体を打ち震わせた。

ぐったりと布団の上に転がった秀次は仰向けになって、明日は箱根を越えたいと、心の底から思った。

五

朝凪《あさなぎ》だろう。海はさざ波を打っているぐらいで穏やかだ。

風も今のところはない。低く垂れ込めている雲は身じろぎもしない。鳶《とんび》が大きな弧を描きながら舞っていた。

宿の誰よりも早く出立《しゅったつ》したきよときぬの二人は、海岸沿いの街道に出ていた。道の両側には松並木がつづく。

天気のよい日に、こんなところで一休みしたらさぞ気持ちよいだろう。

きよはそんなことを思って背後を振り返った。

「どうやら勘助さんは気づいていないようだね」

「泥のように眠ってたから、ちょっとやそっとでは目が覚めないいんじゃないかしら」

きぬは菅笠の紐を整えながら応じた。

大磯から小田原までは四里（十六キロ）の行程。早立ちしたので、午後の早い時間には小田原に着けるはずだった。

「もうここまで来れば安心さ。あとはのんびり行けばいいよ」

幾度か後ろを振り返ってきよがいった。

「なにも悪いことしてやしないんだから、気にすることないさ。姉さんは気を回しすぎなんだよ」

「だって気になるじゃないか。半病人みたいにひどい体をしている勘助さんを置いてきたんだから」

「あらら。まさか姉さん」

きぬがからかうような目を向けてきた。

「冗談はおよしよ。そんな場合じゃないんだからね」

「あれ、あたしはちょっといい男だと思っていたんだけど」

ひょいと首をすくめたきぬに、

「あんたにはかなわないよ」

と、きよはあきれた顔をしたが、すぐに二人して笑い出した。

しかし、きよはすぐに真顔になった。

「なんだか笑ったのは久し振りの気がするね」

「……そうだね」

きぬも陰鬱《いんうつ》な顔になって応じた。

しばらく黙って歩いた。

海に漕ぎ出す船が見えた。よく見れば、遠くの海には白い帆掛け船が浮かんでいた。

街道のそばに点々と粗末な漁師の家がある。

天候不順がつづいているので、漁がままならないのか、庭先や浜辺で昆布や魚を干している男や女がいた。

「きぬ、昨夜小室様がおっしゃったように、あたしらは箱根を越えることはできないよ。あいつらをそれまでに見つけられなきゃ、関所の手前で引き返すしかない」

きぬは返事もせず黙々と歩きつづけた。

「相手は虫でもつぶすようにあっさり人を殺す極悪人だよ。見つけることができなきゃ、小室様がおっしゃるように江戸に戻ったほうがいいような気がするんだ」

それでもきぬは黙って歩く。

「あたしらが仇を討てなくても、小室様がきっと成敗してくださるよ。江戸にいる親戚も心配していることだろうし……」

「姉さん、もう里心がついたのかい。出立の前にしっかり誓い合ったじゃないのさ」

「でも、箱根の関所はどう考えても越えられないよ」

また、きぬは押し黙った。

きよはきぬの気持ちも重々承知していた。しかし、昨夜春斎に諭されて以来、心がぐらついていた。葬式を放り出して家を飛び出してきたのだ。親戚縁者に薄情な娘たちだと思われているかもしれないし、またいつの間にか行方をくらました自分たちのことを心配しているのではないかと思えば、胸が痛くなる。

極悪人相手の仇討ちなど所詮《しょせん》無理なことなのだ。そう思うようになっていた。しかし、固い決意をした妹の心中を思えば、一人で引き返すわけにもいかない。箱根の関所まで行けば、妹もあきらめてくれるだろうと思っていた。

また、そこまで行ったら必死に妹を説得する腹づもりだった。

足を進めるうちに下ってくる旅人たちとすれ違うようになった。大八車を押したり、牛を引いて畑に出る百姓たちも見るようになった。

大磯を発って一刻（二時間）近くで間の宿・二宮に着いた。

茶店に寄り、お茶受けに蒸かした芋をもらい腹ごしらえをした。

四半刻ほどそこで休んで腰をあげた。

二宮宿を抜けると、間もなく酒匂川が見えてきた。ここには冬から春先にかけて仮の土橋が架けられている。川越《かわごし》はこの間、楽に行うことができた。

「さあ、あの橋を渡ったらいよいよ小田原だね」

きよが額に手をかざして、立ち止まったとき、

「よお、姉さんたち」

と、声をかけてきた男がいた。

振り返ると、見るからに柄の悪そうな男たちに取り囲まれた。着物の着方、斜《しゃ》に構えた態度からこの辺のゴロツキと察せられた。

「なんの用だい」

きよは気丈な顔で男たちを見まわした。

「ちょいとそこまで顔を貸してもらいてえんだ」

懐に手を入れた額の狭い男が近づいてきて、首筋を撫でた。どこかモグラに似ていた。

きよは顔をそむけながら、

「変なことすると人を呼ぶよ」

キッとした顔で相手をにらんだ。

「気の強《つえ》え女だ。まあ、いいから付き合ってもらうぜ」

　モグラ顔がそういったのと、きよが腹に匕首《あいくち》の切っ先を当てられたのは同時だった。きぬも「およし……」といったがそこまでだった。きぬの腰にも鋭い匕首の切っ先が向けられていたのだ。

「声を出したら、このままグサッといくからな。おれたちゃ本気だ。さあ、歩け。そっちだ」

　モグラが顎をしゃくった。

　きよときぬは黙って歩くしかなかった。男たちは刃物を二人に突きつけたまま、人目につかないように取り囲んでいた。

　川沿いの土手をそのまま上流に向かって歩かされた。

「いったいなにが目当てなんだい。金だったらあげるよ」

　しばらくしてからきぬがいった。

「へん、さっきもいっただろう。ちょいと付き合ってもらうだけだって。おとなしくしてりゃなにもしねえよ」

「だったら、物騒な刃物なんかしまいなよ」

「おい、おい。可愛い面していうことは威勢がいいな。だったら可愛がってやってもいいんだぜ。へっへっへ」

モグラが涎《よだれ》を垂らしそうな声で笑うと、他の仲間も下卑《げび》た追従《ついしょう》笑いをした。

やがて川の土手横に水車小屋が見えてきた。

「親分、連れてきやしたぜ」

モグラが声をかけると、水車小屋の戸が引き開けられた。

「入れ！」

背中を押されたきよときぬは、小屋のなかに転がるように入った。

七輪に置かれた鉄瓶から立ち昇る蒸気で、狭い小屋のなかは紗《しゃ》がかかったようになっており、むんむんしていた。

「八州の犬ッころと仲がいいってのはおめえさん方か。なかなかいい女じゃねえか」

そういったのは、火にあたっていた蛸入道《たこにゅうどう》みたいな男だった。

六

「なに？」

宿を出ようとした矢先に駆け込んできた勘助に、春斎は短く声を発した。

「はい、目が覚めましたら、二人の姿がどこにもなく、宿のものに聞くと、もう出たというのです」

勘助の顔は昨夜にましてひどい顔になっていた。それでも、体の打ち身は和《やわ》らいでいるようだった。

「どっちに行ったかわかるか？」

「小田原のほうに向かっているようです」

チッと舌打ちした春斎は表に出て小田原方面を眺めた。それから空を見上げて、しばらく考えた。雨はやんでいるが、相変わらず甍《いらか》のような雲が広がっている。

「勘助、十手は持っているな」

「は、すぐにも用意できます」

「よし、取って参れ。おれは問屋場に寄ったら小田原へ急ぐ」

いうなり、さっと勘助に背を向け、春斎は小走りになった。

問屋場に行くと、書状をしたため飛脚を出した。これは継《つぎ》飛脚で、「御用」と書かれた札の付いた小葛籠《こつづら》を肩に担いで、韋駄天《いだてん》のように走り去った。

出した書状には、箱根を越えて他国に入る特別出張の許可を願うことと、これまでの簡単な経緯《いきさつ》、そして江戸府内の探索の模様を知りたいとしたためていた。

春斎はこの時点で箱根を越える覚悟をしていた。

八州廻りの管轄外に足を延ばすには許可がいる。書状は夕刻には代官・榊原小兵衛の手に渡るはずだ。認可状はすぐに下り、明日の朝には春斎はそれを手にできるだろう。

継飛脚は昼夜の別なく、四里十八町（十七・七キロ）ほどを一刻（二時間）で走るので、江戸・京都間なら二日半で用が足せた。

継飛脚を出した春斎は小田原に向けて先を急いだ。

昨夜、きよときぬをもっと強く説得しておけばよかったと、後悔していた。しかし、もはや後の祭り、小田原で見つけたらじっくり諭すつもりだ。

女二人で外道を相手にできようはずがない。むざむざ死にに行くようなものだ。もっとも親や慕っていたものを殺された恨みや憎しみはわからないでもない。それに、手代の秀次は、きよだけでなく〔扇屋〕自体を手玉に取り、足元を掬っている。

二人の姉妹の怨念《おんねん》はその秀次に注がれているのだろうが……。

まったく馬鹿なことをと、内心で思う春斎は、吹きつけてくる海風に抗《あらが》いながらしっかり地面を蹴《け》りつづける。松林を抜けていく風の音と、浜辺に打ち寄せる波の音が耳朶《じだ》を叩く。凜と張りつめた大気が肌身を刺す。

勘助が追いついてきたのは二宮に入る手前だった。

「体は大丈夫か？」

横に並んだ勘助に聞いた。

「ご心配にはおよびません」

そういう勘助は、装束を整え、紺《こん》の股引《ももひ》きに脚絆をし、腰の後ろに十手、手に六尺棒を持っていた。

昨日ような失態は犯したくないという気持ちの表れだろう。十手は一尺四寸（四十二センチ）の鉄製で、藤巻《ふじまき》の柄に朱房がついている。

八州廻りの十手は、鉄銀鍍金《ぎんめっき》製で紫か浅葱《あさぎ》の紐房だが、春斎は身を軽くするために滅多なことでは持ち歩かない。その代わりに、何本かの小柄《こづか》を身につけていた。

二宮を抜ける頃に頬を冷たいものが叩いた。霙《みぞれ》だった。

暗い空に灰色の雲が逆巻いていた。

「……平次」

声を漏らして、勘助が足を止めたのは、酒匂川の土橋の手前だった。春斎も片眉をぴくっと動かして、にたついている平次を見た。

地蔵堂の前に腰をおろしている平次は、手の甲で口を拭い、不遜《ふそん》な笑みを浮かべた。

「てめえ、ここで逢ったが百年目だ。観念しろ！」

昨夜の遺恨がある勘助が声を荒らげ、六尺棒をぶんと唸《うな》らせた。

「おっと、慌てんじゃねえよ」

平次は軽く飛びすさって余裕の笑みを見せ、

「女を預かってるんだよ。用があんのは、へぼの勘助じゃねえ。そこに突っ立っている八州野郎だ」

「女といったが、どういう意味だ？」

春斎はいきり立っている勘助を手で制しながら聞いた。

「双子みてえな姉妹がいるだろう。調べはついているんだ。知らねえとはいわせねえぜ。親分がおめえに話があるんだよ」

「親分……〈土壁の休蔵〉という外道だな」

「外道はよけえだ。女がほしけりゃついてきな」

平次は顎をしゃくって、土手道に足を進めた。

春斎は唇を噛んだ。こんなところで道草は食いたくなかったが、きよときぬを放っておくわけにはいかない。

「どうしたんだ？　怖くてこれねえのかい」

平次が振り返った。

「それにしても勘助、なんだその面《つら》は。まるで唐茄子《とうなす》じゃねえか」

「くそ、もう我慢ならねえ」

「勘助、落ち着け。向こうの調子に合わせることはない」

春斎は、怒りのせいで顔を赤黒くした勘助の肩を押さえた。

「よし、案内しろ。こうなったらついでだ。街道荒らしを一掃《ひとは》きしてくれる」

「ケケッ、粋がれるのも今のうちさ。ケケケッ」

春斎と勘助は、奇妙な笑いを漏らしてひょこひょこ歩く平次のあとに従った。

向かう土手道のずっと先に、黒い山の稜線《りようせん》がくすんで見える。野や畑が寒々と広がっており、土手下から川風が吹き上げてきて、春斎の着流しの裾をひるがえした。

「勘助。おまえは、おきよさんとおきぬさんを頼む。後はおれにまかせておけ」

「……休蔵は冷酷無慈悲な悪党です。なにを考えているかわかりません。おそらく手勢を従えているはずです」

「何人おろうが、引き下がるわけにはいかぬ」

「ごもっともです……」

勘助がそういったとき、右の土手下にある水車小屋には、五、六人の男たちが立っていた。いずれも腹掛け半纏《ばんてん》に手甲脚絆をし、長脇差をたばさんでいた。

前を行く平次が顎をしゃくると、その男たちが河原のほうに駆けていった。

春斎は男たちの動きを静かに追いつつ、まわりの地形を観察した。

河原にも土手道にもまだ人影はない。

ぽつぽつと降り出した霙が頬にあたってくる。

一陣の風が吹いたとき、藪のなかからザザッと砂地を蹴りながら男たちが躍り出てきた。その数、二十人以上いる。尻端折りをし、捻《ねじ》り鉢巻きに手甲脚絆、手に槍《やり》や刀を持って、なんとも物々しい。

「くそ、こんなに揃えていたのか……」

勘助が吐き捨てるようにいった。

「勘助、慌てるな。さっきいったように、おきよさんとおきぬさんを頼む」

「しかし、こんな人数じゃ」

「勝負は数で決まるわけじゃない」

いいながら春斎はきよときぬの姿を探した。どこにも見えない。

「親分、来やしたぜ！」

平次が大声で呼ばわった。

すると、二十数人の男たちが半分に割れ、その間から蛸入道のような男が現れた。

丹前を肩に引っかけ、腰には海老《えび》のように反った長刀を差している。

足を踏ん張って仁王立ちになると、

「八州野郎ってえのはてめえか」

と、ギョロリと双眸《そうぼう》を光らせ、片手で顎を撫でた。

「どうやらおれのことのようだな」

春斎は土手を下りて、河原に向かった。

休蔵と六、七間の距離を取って立ち止まる。

「お主が悪名高い〈土壁の休蔵〉か。いずれふん捕まえるはずだったが、そっちから出てくるとはおつむのほどが知れるわ」

「あんだとぉ！」

　顔と一緒につるっ禿げ頭も赤くなった。

「それにしても女を人質に取るとは許せぬ外道だ。何故こんな姑息《こそく》なことをしやがる」

「黙りやがれ。おれらの仕事は八州の犬がうろつくようになって、とんだ迷惑だ。お陰で懐が侘しくなってくる始末でえ。可愛い子分たちにも満足な分け前もやれなくなっちまった。おめえらみてえな目障りな小役人にこれ以上邪魔されちゃ、こちとら商売上がったりだ。今日を限りにおめえらにはおれらの縄張りから手を引いてもらう」

「勝手なことをぬかすな。人の金を強請《ゆす》り取る悪党のくせに。女はどこにやった」

「おいッ」

　休蔵がゴキッと首の骨を鳴らすと、竹藪のなかから二台の大八車が押し出された。そこに、あろうことか腰巻き一枚にされたきよときぬが手足を広げさせられ、藁縄《わらなわ》で磔《はりつけ》になっていた。

「思いの外《ほか》いい女だった。おめえを始末したあとはたっぷり楽しませてもらうぜ。三島あたりに売り飛ばしゃあ、いい金にもなるだろう。ゲヘヘッ。まったく涎が出る女たちで、とんだご褒美《ほうび》をもらったようなもんだ」

　休蔵はずるっと涎を片手で拭った。

　猿ぐつわを噛ませられ、ほとんど裸同然になったきよときぬは手足の縛《いまし》めを外そうと体をくねらせている。

春斎の腹の底で怒りがふつふつと煮え滾《たぎ》ってきた。大きな眉がぐいと吊り上がり、鷹《たか》のような目が鋭さを増した。

「小室とかいう八州よ。命を置いていくんだな。ここがおめえの賽《さい》の河原だ。ガハハハ」

「そっくり今の言葉返してやる」

春斎は刀を抜いた。

休蔵も長刀を抜き払い、

「野郎ども、正月の餅代《もちだい》稼ぎだ！　たたっ斬れ！」

子分たちの輪が狭まり、足場が固められた。

「小室の旦那！」

勘助が慌てた声を出した。

「さっきいったとおりにするんだ。おまえは下がってろ」

「しかし……」

勘助を無視して、春斎は天を衝《つ》くように正宗の剣先を大きく伸ばした。

隆《りゅう》と肩を聳《そび》えさせ、じりじりと迫ってくる男たちを見下ろした。鬢《びん》の後ろ毛が風にそよいだ。

で打ち砕いていた。
「ぐへっ」
右手の男が声を発して槍を突き出してきた。春斎はひょいと身をかわした。
槍は反対側にいた味方の腹を突き刺していた。
春斎は道中合羽をひるがえさせるなり、正面にいた男の顎を逆袈裟《ぎやくけさ》に振り上げた刀
「きぇーッ！」
峰打ちである。それでも男の割れた顎から一条《ひとすじ》の血筋が弧を描く。
振り上げた刀を打ち下ろしたときには、もう一人の脳天をかち割っていた。
「ぎゃあえ！」
男は刀をこぼして河原をのたうち回る。
そこからは乱戦となった。飛び込んできた男の懐に入ると、鳩尾《みぞおち》に肘《ひじ》をめり込ませ、
刀を奪い取って、拳骨《げんこつ》で頬を殴りつけた。
相手の顔がぐにゃりと変形し、そのますっ飛んで大地に倒れた。春斎は自分の刀を
鞘に納めた。使うのは奪い取った刀だ。
左から打ちかかってきた男の腕を肘から切り落とした。
背後に気配を感じ、反転するなり袈裟懸けに振り下ろした。男の顔面が割られ、目の
玉が飛び出た。

怖じ気づき、尻餅をつきそうな男が目の前にいた。刀を構えているがへっぴり腰だ。

「ふっへっへ。く、来るな」

いうなり小便を漏らしたが、容赦しなかった。

剣先を勢いよく突き出し、心の臓を串刺しにした。抜いた刀で左手から飛び込んできた男の首をぶっ叩くように斬った。刃は首に半分めり込んで折れた。

足でそいつを蹴飛ばして、槍を奪い取った。

ぶうんと一振りして、飛び込んでこようとしていた男の足の甲を刺した。

「あいたあー、いってえよおぉぉー」

男は情けない声をあげて砂利の上を転げ回った。

そのとき春斎の槍は、違う男の喉首《のどくび》を突いていた。ぐりっと柄《え》を捻ると、男の首が折れた。さっと引き抜いたとき、首の付け根から鮮血が噴出した。

「勘助、二人を、二人を頼む」

槍を構え直して、勘助に叫んだ。

一人を叩き斬った勘助の顔が上がった。その背後から襲いかかる男がいた。

びゅっ。

春斎はとっさに槍を投げた。

槍は男の肩の付け根に刺さり、長い柄がぶるんとしなった。

「ぎゃっ」

ヒキ蛙《がえる》をつぶしたような声を漏らして、男は倒れた。

「勘助、早く」

もう一度呼びかけると、勘助は大八車のほうに走った。

春斎はもう一度、自分の刀を抜いた。瞬間、鮮やかに剣を舞わせて、二人を斬り捨てていた。恐れをなして逃げるものがいる。

もう、敵は十人もいなかった。いや、もっと少ないか。

「こいッ」

腰を充分に落とし、三人の男たちと対峙《たいじ》した。

相手は逃げ腰だ。ざっと砂をすって片足を踏み込むと、誘われたように一人が飛び込んできた。目と鼻を斬った。もう一人も斬った。こっちは右の太腿だった。

そして、もう一人は後ずさりするなり、

「うわあー！」

悲鳴をあげながら、疾風のように逃げていった。

春斎は刀をびゅうと振って、鮮血を落とした。撥ね飛んだ血が河原の石を赤く染める。

もはや歯向かってくる敵は近くにいなかった。

春斎は大八車に磔になっているきよときぬを救う勘助を確認して、休蔵に顔を向けた。平次と四人の男が庇《かば》うように休蔵を守っている。

春斎の顔や首筋には雲と汗が流れていた。

「休蔵、観念するんだ」

「て、てめえ、よくもおれの可愛い子分を……野郎ども斬れ、斬り殺すんだ！」

だが、手下は動かなかった。

「どうした斬るんだ！　斬らねえか！」

「い、いやだ、おれは死にたくねえ……」

声を震わせ逃げようとした手下の背中を休蔵が斬った。

「ぎゃあ」

「おめえらがやらなきゃ、おれが殺すぞ」

休蔵はギョロつく目で手下をにらみ、それから春斎を見た。

真正面から突っ込んできた男の腹を、春斎の剣が突き刺した。相手は春斎の剣を防ごうとしたのか、刃をしっかり握りしめたせいで、ぽろぽろっと指を落としてしまった。

そこへ、休蔵が襲いかかってきた。

春斎は皮一枚の差で、空気を唸らせる長刀をかわした。さらに、休蔵は斬撃を送り込んできた。

百姓剣法のようだが、筋は悪くなかった。だが、単にそれまでだ。

青眼に構えた春斎は真正面から休蔵と対峙した。

風が二人の間をすり抜けていった。

休蔵の禿げ頭から湯気が立ち昇っている。そこに霙が張りついて溶ける。

春斎は誘うように前に出た。休蔵は右に逃げた。人間は無意識に心の臓を庇おうとして、自分の左に逃げる習性を持っている。

春斎はにやりと笑った。

――愚かな男だ。

休蔵の体がふわっと大きくなり躍った。

春斎は顔を右にやや逸《そ》らせて、正宗を突き出した。右肩すれすれを休蔵の長刀が空を切ったとき、休蔵の右脇腹に正宗が刺さっていた。

春斎は正宗をぐいっと押した。切っ先が肝の臓を刺した。つづいて膵《すい》の臓の一端を切った。剣先が柔らかい肋《あばら》の間をすり抜け、背中から突き出た。

「ぐぐっ……」

休蔵の口がへの字にゆがみ、血がこぼれ出た。ギョロ目がさらに大きく見開かれた。

禿げ頭と薄い眉しかない顔から血の気が引いてゆく。

春斎はさっと刀を引き抜くと、前のめりになった休蔵の首を目にも止まらぬ早業で落とした。

ごろんと首が落ち、胴体がどさりと倒れた。首のない胴体が小さくひくついていた。

「ひっ」

平次に向き直ると、最前の威勢はどこへやら、真っ青な顔をしている。

「平次、おめえの相手は勘助だ」

「ひ、ひっ」

平次は怖じ気づいた顔で体を勘助に向け直した。

「勘助、こいつらはクズだ。生かしておいても世のためにはならぬ。遠慮はいらん」

「やあ！」

春斎がいい終わる前に、勘助は平次の首筋に一尺四寸の十手を打ち込んでいた。

グキッと、骨のつぶれる音がして、平次は手にしていた刀を落とした。

さらに勘助の十手が腹を突いた。ドスッと鈍い音がした。

おそらく胃袋を破裂させただろう。案の定、平次はべろっと舌を出すなり、胃の内容物を吐瀉《としゃ》して、前のめりに倒れた。

地面に顔をぶつけ、目が驚愕したように虚空を彷徨《さまよ》い、やがて瞳孔《どうこう》が開いた。

「……小室の旦那……」

はあはあと肩で荒い息をする勘助が春斎を見た。

「うん、これでいいんだ。それより……」

春斎はきよときぬを見た。

二人は脱がされた着物をたくし込み、一心に着込んでいるところだった。

「怪我はないか？」

「お陰様で……」

はっと顔を向けたきよが震える声でいった。

恐怖だけでなく寒さも手伝っているはずだ。

「ひとまず小田原に入って体を暖めたほうがいいだろう。話はそれからだ」

くるっと背を向けた春斎は、まいるぞ、ともう一度声を吐いた。

第四章　血風箱根越え

一

　箱根宿は江戸（日本橋）から約二十四里二十八町（九十七キロ）のところにある。健脚の旅人なら三日で辿《たど》り着く。

　東海道一厳しい関所があることでも有名だ。

　関所は茅葺《かやぶ》きの江戸口御門と京口御門に分かれ、門内の芦ノ湖《あしのこ》側に大番所と厩《うまや》、京口御門のそばに辻番所があった。

　また、山側に足軽番所と遠見番所があり、両御門の外にある「千人溜《だまり》」という広場で旅人たちは関所改めの順番が来るまで控えて待った。

　門は明け六ツ（午前六時）に開き、暮れ六ツ（午後六時）に閉まることになっている。ただし、季節によって日の出日の入りに誤差があるので、門の開閉もそれに合わせズレがあった。

取締り厳重な関所だが、検閲を無事終えたものにとっては、ホッと胸を撫《な》で下ろす憩いの場でもある。なにしろ自然の景観に恵まれている。

普段は森閑とした静寂に包まれ、早朝には湖面から立ち昇る蒸気が幽玄さを醸《かも》し出す。芦ノ湖の対岸奥に見える、冠雪した荘重な富士が鏡のような湖面に映り込む。

湖は豊かな森に囲まれ、鳥たちののどかな声が空に広がる。

だが、ここ数日、箱根宿はいつになく賑《にぎ》わい、かつ物々しい雰囲気に包まれていた。江戸から上ってきた薩摩藩の大名行列が逗留《とうりゅう》しているからであった。

この一行は京大坂まで徒歩で移動し、その後は海路薩摩に帰る予定だが、一行のなかに風邪をこじらせているものがいた。藩主・島津斉宣《なりのぶ》の側近と側女である。

体調を崩したものらは騙《だま》し騙し箱根までやってきたが、ここに来ていよいよいけなくなった。とくに藩主斉宣の息子・斉興《なりおき》の具合が思わしくなかった。

小田原を発《た》った直後から高熱を出して、箱根宿に入ったがなかなか熱が引かないのである。斉宣はここにきて、体調を崩したものたちの回復を思い切って待つことにし、長逗留を決め込んだ。

箱根は冷え込みがひどく、加えて不順つづきの天候で病気になったものには厳しい環境であるが、致し方ない処置だった。

行列に加わっている一行は、人足二百七十余人、足軽百二十六人、馬上十七人、その他駕籠《かご》などを入れると軽く四百人を超えた。

このなかには琉球使節がいるが、斉宣は彼らを殊《こと》の外《ほか》丁重に扱っていた。

ただし、彼らには大和風《やまとふう》を禁じ、服装や言葉、立ち居振る舞いに至るまで異国風を強制してはいたが、これは寛永《かんえい》十一年（一六三四）に初めて行われた琉球使節の将軍謁見《えっけん》以来の伝統的な扱いであった。

斉宣は寒々とした空に晴れ間を見ると、鷹匠《たかじょう》を連れて近くの山に鷹狩りに行き、また湖に釣りに出たりした。

「この山は険しく厳しいが、そのほうらにはよい思い出になるであろう。琉球にはこんな寒い地はなく、また日の本一の富士を愛《め》でることもできない。床に臥しているもののことを思って、しばらく辛抱してくれ」

鷹狩りに出た斉宣は供をさせる琉球使節にそういった。

またときに、

「江戸ではそのほうらの仲間がひどい目におうたが、必ずやその遺恨は晴らしてみせようぞ。お上もしっかりとその約束をしてくれておる。痛む心はわかるが……」

人の心を深く慮《おもんぱか》る斉宣は、つづける言葉が辛いのか小さく首を振って、同行の琉球使節らを思いやった。

それにしても大変なのが、箱根宿である。

本陣六軒に旅籠七十二軒があるが、そのほとんどが薩摩の一行で埋まっている。そのために、小田原から来たものは追い返されることもあった。

また、通行しようとする旅人には、普段にましての厳しい取調べが行われた。これは大名行列を追い越すことは罷《まか》りならぬという封建的な権力の驕《おご》りである。

それでも通行を願うものがいる。これらのものは大番所に手形を見せ、番頭と横目付の検札を受けなければならない。荷物改めは厳しく、番士と定番人《じょうばんにん》が目を光らせる。

女の旅人は「改婆《あらためばば》（人見女《ひとみおんな》）」の調べを受けるが、ときに不審な女に対しては着衣を脱がせて、体を見ることとさえあった。

また、大番所は警察権を行使するので、指名手配の人相書きなども張られていた。これを司《つかさど》るのは八州廻りと同じ勘定奉行だから、春斎の特別出張の願いはすぐに聞き入れられるはずであった。

その箱根の麓《ふもと》の町、小田原宿に春斎と勘助、そしてきよときぬの四人が到着したのは、降っていた霙がちらちらと舞う雪に変わった頃だった。

質《たち》の悪い街道荒らしに足止めされたので、予定より大きく遅れ、夕七ッ（午後四時）を過ぎていた。

小田原は城下町であると同時に宿場町でもある。海沿いの東海道、そして丹沢山麓の山間《やまあい》を抜けて甲斐国《かいのくに》につながる甲州道という二街道があるのも特徴だ。

そのために、東海道五十三宿のなかでももっとも規模が大きく、本陣・脇本陣が各四軒、旅籠は九十五軒あった。

町並みも他の宿場町と違い賑やかで、土産物《みやげ》屋、小間物屋、瀬戸物屋、呉服屋に煙草《たばこ》屋、小料理屋などが軒を列ね、活気に溢《あふ》れている。

先にも述べたが、城下町であるがゆえに傾城屋《けいせいや》（女郎屋）などの風俗の営業は禁止されているが、それはあくまでも建前であり、隠れて春をひさぐ女たちもはびこっていた。

春斎らは小田原城の天守閣を右に見ながら、本町にある旅籠〔松田屋《まつだや》〕に入った。

「勘助、頃合いを見て、あの二人をこの部屋に呼んでくれ」

「承知しました」

「まったく、困った女たちだ」

春斎は差料を脇に置いて茶をすすった。

「とんだことになってしまいましたが、もとはといえばあっしのせいです。あっしが、休蔵の賭場《とば》に足を運びさえしなけりゃ、あんなことには……」

勘助は膝《ひざ》を揃《そろ》えて首をうなだれる。

「なに、おまえのせいではない。気にするな」

「しかし、あっしが平次らに袋叩《だた》きにあってなけりゃ……考えてみれば、おきよさんとおきぬさんはあっしの命の恩人です。下手したら凍え死んでいたかもしれないんです」

「だが、おまえはあの二人を救いもした。これでおあいこだ。勘助、酒をもらってきてくれ。少し暖まろう」

へい、と殊勝に返事をした勘助が部屋を出ていくと、春斎は小さくため息をついた。

――人の好いやつだ。

勘助のことをそう思った。だが、なかなか見所がある。春斎は気に入ってもいた。

血を吸った刀の手入れをしていると、勘助が戻ってきた。

「すぐに支度するそうです」

「そうか。それにしても、この宿場はいつになく人が多いな。どこもいっぱいだったが、箱根宿で薩摩の大名行列が動かないのだろうか……」

「ちょいと、聞いてきましょうか」

「そうしてくれ。それから問屋場に行き、おれ宛てに書状が届いているはずだ。それをもらってきてくれぬか」

「へい。そいじゃひとっ走り行ってきます」

勘助と入れ替わりに女中が酒肴《しゅこう》を運んできた。

肴《さかな》は蒲鉾《かまぼこ》と鯵《あじ》の干物、それにぜんまいと蕨《わらび》の煮付けだった。海が近く山が迫っているので山海の珍味が楽しめるのだ。ちなみに名物は提灯《ちょうちん》と外郎《ういろう》である。外郎はこの当時、名古屋よりも小田原が有名だった。

また、鰹《かつお》漁も盛んで「初鰹」という言葉の起源も小田原だという説もある。

酒を飲みながら、いかにしてあの姉妹を江戸に帰そうかと思案する。

勝手な動きをされるとまた厄介なことになるので、部屋は近くにしたかったが泊まり客が多く、そういうわけにはいかなかった。しかし、〈土壁の休蔵〉らに攫《さら》われて怖い思いをしているはずだ。それに懲《こ》りてくれていればよいが……。

快い疲れに酒がすいすい喉《のど》に入った。

障子窓を開けて外を見ると、白い雪が暗い空から花びらのように降っていた。だが、積もるような雪ではない。軒を並べる店の行灯《あんどん》の明かりが往還《おうかん》を走っていた。

障子を閉めたとき、きよときぬが訪ねてきた。

「まあ、そこへ」

火鉢の向こうに二人の姉妹を招き入れる。かしこまった二人の顔を雪洞《ぼんぼり》の明かりがほんのり染めた。

「先ほどは、お救いいただき改めてお礼を述べさせていただきます」

きよが両手をついて頭を下げると、きぬもそれにならった。

「もう、すんだことだ」

「……申し訳ございません。それで、御用とか……」

「うむ、くどいことはいいたくないが、さっきのようなこともある。考えを改めて江戸に戻ったほうがよいと思うのだが……」

春斎は酒を舐《な》めて、二人の様子を盗み見た。

思い詰めたような顔でうつむくきよを、きぬがにらむように見た。

「あれですんだからよいが……命を落としたら元も子もないではないか……」

「小室様のお気持ちはありがたく頂戴《ちょうだい》しますが、あたしたちはここで引き下がるわけにはいかないのです」

「だが、それも箱根までだ。そうではないか」

「……確かに仰《おお》せのとおりではありますが……」

「箱根もここ小田原も同じだ。箱根の関所をそなたたちは越えることはできない」

きよときぬは唇を噛《か》んだ。

「悪いことはいわぬ。明日、江戸に戻ることだ」

「あたしは、関所まで行きます。ここまで来たのです。まだあきらめはつきませぬ」

きぬだった。

「それでは関所で江戸に引き返してくれるのか」

「……それは仕方ありません」

「ふむ。では、わかった。おれが箱根まで一緒についていってやる。そうしたらおとなしく帰るのだ。それでよいな」

「……そうします」

きぬは顔をうつむけて声を細めたが、

「でも、江戸に戻ったら手形をもらい、もう一度旅に出る覚悟です。このまま思いを果たさずに、この先生きていくことなどあたしにはできません」

「きぬ」

と、きよが諌《いさ》めるが、きぬは聞こうとはしない。

「あたしは憎いんです。小室様にはあたしたちの気持ちがわからないから……」

声を詰まらせて、きぬは目を潤ませた。

春斎はまったく白けてしまった。

——馬鹿者が……。

内心で毒づき、酒をあおった。

「まあ江戸に戻ったあとは好きにするがいいさ。女だてらに仇討ちなど……」

春斎は一拍間を置いて、吐き捨てるように言葉をつないだ。

「いずれ野垂れ死にするのが関の山だ」

「野垂れ死にするまでに仇は討ってみせます」

「気の強い女だ。まあ、明日はおれと箱根を登ろう。ともあれ関所に着いたら江戸に戻るしかないのだ。あまり世話を焼かせるな」

酒をあおって、火鉢の炭を整えた。

「旦那《だんな》……。あ、おいででしたか」

戻ってきた勘助が姉妹を見て、目だけで軽く挨拶《あいさつ》した。

「どうだった？」

春斎は勘助を見た。

「へえ、やはり旦那が考えてらっしゃるとおりで、薩摩様の一行が箱根に逗留しているそうです。なんでも病人が出たそうで、あと二、三日は動かないという話です」

「そうか……」

春斎は宙の一点に目を注ぎ、賊はこの宿場にいるかもしれないと思った。

「それから、これが例の書状です」

「うむ」

榊原小兵衛から届いた出張許可状だった。勘定奉行の印可状付きなので、これで大手を振って全国を渡り歩くことができる。

短い手紙も添えられており、江戸府内における賊の探索は進展がないと書かれていた。

春斎は許可状を懐にしまうと、

「勘助、この二人は明日箱根を登る。おれも一緒だが、それも関所までだ。お主にはご苦労だが、そこからまた二人を連れて山を下りてくれ。どうせお主も関所は越えられぬ」

諸国を旅するには往来手形が必要だが、箱根のような重要な関所を通る際は、関所手形も必要になった。

きよやきぬのような町女は、町奉行で旅の許可証をもらい、幕府留守居役の屋敷を廻って、四人から七人の連判状をもらわなければならない。苦労して関所手形をもらっても、箱根では「出女《でおんな》」ということで厳しい調べを受けることになる。

「それじゃそのようにしましょう。おきよさん、おきぬさん、そういうことですのでひとつよろしくお願いしやす」

勘助は姉妹を見たが、二人は浮かない顔でうつむくだけだった。

「どうかしましたか？」

勘助は要領を得ない顔で二人を見やる。

「いえ、それじゃよろしくお願いします」

慌てたように返事をしたきよは、妹のきぬを急き立てるようにして部屋を出て行った。

「なにかあったんですか？」

姉妹が出ていったあとで、勘助が顔を向けてきた。

「あの二人、なにがなんでも仇を討ちたいらしい。あんなことがあったばかりだというのに、わからぬ女たちだ」

「しかし、箱根宿までその仇に会わなければどうしようもないのでは……」

「江戸に戻ったら関所手形を取るというんだ。困った女どもだ」

「まあ、気持ちはわからないでもないですが……」

「おまえも少し飲め」

「へえ、それじゃゴチになります」

一杯飲んでから、勘助は言葉を継いだ。

「しかし旦那、二人の気持ちがいくら固くても、仇討ちには届けがいるはずです。二人はそのことを存じておるんでしょうか？」

「親の葬式をおっぽり出してきたんだからな、届けなんざ出してないだろう」

一言で仇討ちといっても、公認されるにはそれなりの手続きが必要だ。

まず、その旨を支配している目付に提出し、大目付管理下にある評定所の御帳に記録されなければ、仇討ちは公認されない。ただし、御帳づけが終われば、全国どこの地に行ってもよいことになる。

「明日は雪が積もるかもしれぬ。出立《しゅったつ》は早いほうがいいだろう。おまえはあの女たちを連れて戻ることになるんだからな」

「箱根宿までその賊に出会うことができればいいんですがね……」

「それはどうかな」

春斎はぐい呑みを口の前で止めて、しばし考える目つきになった。

「勘助、箱根を登る旅人たちが足止めを食らっていることを考えると、賊も同じようにこの宿場にひそんでいるかもしれん。飯を食ったところで、あたってきてくれねえか。おれも一廻りすることにする」

「へえ」

「それから、あの女たちはなにをするかわからぬ。戻ってきたら目を離さないようにしてもらいてえ。トチ狂って関所破りでもされたらことだ」

「関所破りを……いくらなんでもそんなことはしないでしょ」

「わからぬ。おきよのほうはともかく、妹のおきぬのほうは油断がならぬ」

この当時、関所破りは公儀に対する反逆罪と同一視され、露見すれば磔《はりつけ》・斬首などの極刑が待っていた。

二人が宿場を見廻りに行ったのはそれからすぐだった。

二

この日、辰五郎と秀次の一行は山を登りはじめ、箱根宿の少し手前の畑宿《はたじゅく》の先で、箱根宿から薩摩大名行列が動いていないと知り、引き返したが、生憎《あいにく》畑宿の旅籠はどこもいっぱいで、結局麓の小田原宿まで戻ってきていた。

「それにしてもこれで何度目だ。くそっ」

改めて旅籠に入った辰五郎は荒れていた。さっきから自棄《やけ》になったように酒をあおりつづけている。

「仕方ありませんよ。腰を落ち着けて待ちましょうや」

「けっ、おめえはどうしてそうのんきな面していられるんだ。気が知れねえとはこのことだ。川留めに大名行列、けったくそ悪いったらありゃしねえ」

辰五郎はぽいと蒲鉾を口のなかに放り込んで酒をあおった。

「それにしてもこりゃあ本気で降ってきやがるかな……」

秀次は窓の外を眺めていった。

雪がちらついている。あまり降られると、さらに足止めを食うことになる。

「おい秀次、それであの大名行列はいつ動くんだ。おれはこんなくそ面白くねえとこにいつまでもいる気はねえからな」

「さあ、明日か明後日《あさって》か……殿様次第でしょ」

「馬鹿こくな。なにが殿様次第だ。こうなったら関所を破って三島に戻るしかねえだろ。これ以上雪が積もってみな。そうしたら踏んだり蹴《け》ったりだぜ」

「まあ、気持ちはわかりやすが……」

「けっ、なにが気持ちだ」

辰五郎はまたぐっと酒をあおった。

「秀さん、これが最後の荷です」

そういって背負子《しょいこ》を運んできたのは、林蔵《りんぞう》という辰五郎の一の子分だった。林蔵は部屋の隅に荷物を置いた。

みんなで手分けして運んでいる荷は、みなこの部屋に置かれている。なにしろ中身は大金である。

「やつらはどうしている？」

秀次は荷を置いた林蔵に聞いた。

「疲れちまったから、今夜は酒を飲んで早々に寝るといってました」

「ああ、それがいいだろう。明日に堪《こた》えるような博打《ばくち》のやりすぎはよくねえ。まあ、おまえもやりな」

秀次は林蔵に酒を勧めた。

昨夜まで仲間は同じ旅籠に泊まっていたが、今夜は別々になっていた。

「林蔵、女はいえねか。こんな寒い晩にゃ女でも抱いて寝るしかねえだろう。それにしても大金があるってえのに、ケチケチ飲まなきゃならねえなんて……」

秀次が、しっと口の前に指を立てて辰五郎を見た。

「頭《かしら》、声がでかすぎますよ」

「ふん、わかってるよ」

辰五郎は面白くなさそうに、酒をあおった。秀次はそんな辰五郎の心中を察して、

「ちょいと、こっちの都合してきます」

と、小指を立てて腰をあげた。

廊下に出ると、冷え切った床が足の裏に突き刺さってきた。秀次はぶるっと身震いすると、肩をすぼめ懐手をして玄関に足を向けた。箱根越えができずに足止めを食らっている客がいるせいか、宿は賑わっている。

酒を飲んで世間話にうつつをぬかす旅人の話し声や、子供をあやす女の声がする。女中たちが走り回って客の応対に追われていた。

旅籠の多くは二階が客間で、一階が帳場、台所、湯殿、主《あるじ》の家族と奉公人たちの部屋となっている。

秀次の足が止まったのは階段を下りきったときだった。

「さあ、六、七人のお客様でございますか……」

番頭が玄関の土間で一人の浪人に答えていた。

「普通の旅人と違い荷物が多いはずだ」

「荷物が……少々お待ちください」

番頭は帳場に戻って行った。

秀次はその前を通り過ぎながら、玄関に立つ男をちらと盗み見た。そのまま厠《かわや》に入って、じっと耳を澄ました。騒がしい客の声でよく聞き取れない。

だが、秀次はなにかいやな胸騒ぎを覚えていた。玄関の男は自分たちのことを探りに来たような気がする。だが、姿形はその辺の貧乏浪人にしか見えなかった。

いったいなにもんだろうか……。

番頭と浪人のやりとりが聞こえなくなった。どうやら去ったようだ。

秀次は厠を出ると、帳場に寄って番頭にさりげなく声をかけた。

「番頭さん、今のは客だったのかい？」

「いえ」

番頭は瓢簞《ひょうたん》みたいな顔をあげた。

「それじゃなんだい？　いや、あたしの知り合いで宿を探しているのがいてね」

秀次は怪しまれないように取り繕った。

「生憎どこもいっぱいでしょう。なんでしたら、奉公人の部屋を空けることもできますが……」

「そうかい、それじゃあとで相談してみよう。それで、なんだったんだい、さっきのは」

「ああ、八州様ですよ。どうやら人探しのようです」

「ほう、八州……」

そうつぶやいて、宿の草履《ぞうり》を突っかけた秀次の顔は強ばっていた。

八州廻りは六、七人の客を探しているようだった。

自分たちのことではないか。いや、おそらく自分たちのことだ。あの男は、普通の旅人より荷物が多いはずだといった。

通りに出てあたりを見たが、さきほどの男の姿は見えなかった。宿場の往還を白い雪が覆いつつある。その雪が軒行灯の明かりを吸っている。

積もったら困るな……。

そう内心でつぶやいたが、八州廻りが近くにいるのがもっと厄介だと思った。

ちらちら舞う雪のなかで秀次は考えをめぐらせた。

昨夜までは仲間と同じ宿にいたが、今夜は別々だ。気づかれはしないだろうが、自分たちはかなりの荷物を部屋に入れている。

それに明日もこの宿にとどまることになれば、八州廻りの探索の目から逃れるのが難しくなる。どうするか?

辰五郎のいった言葉が思い出された。

――関所破り。

道はそれしかないかもしれない。

こんなところで八州廻りに踏み込まれたらことだ。それに、ここは城下でもあるし、捕り方を揃えるのは容易だ。いざとなったら手勢を引きつれてくるだろう。

まずいなあと、秀次は独り言をこぼし、うっすらと生えた無精髭《ぶしょうひげ》をさすって、暗い空を見上げた。

白い雪が木の葉のように舞い降りてくる。

雪が積もったら箱根越えはできなくなる。

女を都合しようと思っていた秀次の気持ちは、一挙に関所破りに傾いていた。安全に関所を越えるためにはどうするかと必死で考えた。とにかく、馬子《まご》を調達することだ。

そこまで考えが至ったとき、今日雇った馬子のことが気になった。あの馬子に八州廻りの聞き込みがおよんでいたら……。

心の臓の鼓動が早くなり、心がなにかに急き立てられた。自分たちの痕跡《こんせき》は早く消さなければならない。秀次は問屋場に急いだ。

夕刻に帰した馬子を探すためである。

宿場の本通りと違い問屋場はひっそりとしていた。それでも、締め切られた板戸の隙《すき》間《ま》から明かりが漏れている。

秀次は馬屋に足を向けると、仕事の片づけをしている男を見つけ、

「ちょいと訪《たず》ねるが、正吉という馬子がいるはずだが、どこにいるだろうか」

「正吉……。やつだったら、今飼い葉をやって下がったとこですよ。呼んできやしょうか」

「頼む」

男が暗がりに消えて行くと、草を食《は》んでいた馬がぶるんと鼻を鳴らし、足踏みした。ひりだした糞《くそ》が、どたっと音を立て湯気を上げた。目の前の馬屋には六頭の馬がつながれていた。どれも丈夫そうな脚を持つ駄馬だ。

秀次は通りに目をやった。さっきの八州廻りがいないかと、周囲を警戒する。

「旦那、お呼びですか？」

正吉という馬子がやってきた。

「今日はご苦労だったな。誰かおまえにものを訪ねに来たものはいないか」

「へえ、おいらにですか？　いやあ」

正吉は首をかしげた。

「じゃあいねえんだな」

「へえ」

「これを取っておけ」

内心、わずかに安堵《あんど》した秀次は正吉に金を握らせた。正吉が手のなかを見て、にやっと頬《ほお》を緩めた。

「誰かが訪ねてきても、今日おれたちの荷を運んだことは内証にしておいてもらいてえんだ。ちょいと訳ありなことがあってな。なに、やましいことじゃねえんだが、面倒はごめんだからよ。世間にはそんなことがよくあるだろう」

「へえ、まあ……」

「それでな。明日もおまえを頼みてえんだ。少し早い出立になると思うが、やってくれねえか。金は倍弾むことにする」

「そりゃあもうやりますよ」

金を倍弾むといわれた正吉の顔が、小屋に架けられた破れ行灯の明かりを受けて輝いた。

「それで、おまえさんのねぐらはどこだい？」

「この裏の藁《わら》小屋です。おいらと相棒の彦《ひこ》しかいねえんで、どんなに早かろうが声をかけてもらえりゃすぐに起きますよ」

秀次は馬屋の裏にある小屋をちらっと見た。

こりゃあ彦って馬子の口も止める必要がある。面倒なことになったと思いつつも、秀次は彦という馬子も呼び出して、金をつかませてうまくいいくるめた。

これで馬子の手配と口止めはできた。あとは宿に戻って辰五郎と関所破りの段取りを決めなきゃならない。ここは危険だ。


「なんだと」

宿に戻って話をすると、辰五郎は細い目を見開いた。

隣にいる林蔵も体を緊張させた。

「なに、探られないように手を打ってきやしたが、油断はできやせんよ。林蔵、仲間の泊まっている宿に行って、このことを伝えてくるんだ。明日の朝は雪が降ろうが槍《やり》が降ろうが早く出立する。すぐに行ってきてくれ」

「へえ」

林蔵が腰をあげて出ていった。

「辰五郎の頭よ、こうなったら腹をくくって関所破りだ」

秀次はスルメをつまんで噛んだ。

三

きよは買ったばかりの草鞋《わらじ》を胸に抱いて、目の前の旅籠〔丹波屋《たんばや》〕に目を注いでいた。ドキドキ高鳴る胸の鼓動は収まらない。

間違うはずがなかった。あれは確かに秀次だった。

自分が心を寄せ、駆け落ちまでしようと思った男。そして、人の気持ちを弄《もてあそ》び、家族や奉公人たちをまんまと騙し、皆殺しにした悪党の手先。

——許せない。

きよはかじかむ手足のことも忘れ、秀次が消えた宿の玄関を見つめつづけた。

このまま乗り込んで殺してやってもいい。いや、そうしてやりたい。

それなのに、秀次に対する恋慕の情もある。憎しみと秀次への思いが複雑に絡み合っていた。

風が吹いて被っている頭巾《ずきん》があおられた。雪片がいくつも顔に張りついた。頰で溶けた雪が唇に垂れてきて、きよは思いを吹っ切るように自分の旅籠に急いだ。

暖かい部屋に戻ると、障子をきちんと閉め、

「きぬ、いたよ」

買ってきたばかりの草鞋をその場に置き、身を乗り出して声をひそめた。

「いたって……」

髪を梳《す》いていたきぬが白い顔を向けてきた。

「秀次だよ」

髪を梳くきぬの手が止まり、目が大きく見開かれた。

「向こうは気づかなかったけど、ばったりそこで会ったんだ。この宿のはす向かいに〔丹波屋〕って旅籠があるけど、そこに泊まっているらしいんだ」

そう聞くなり、きぬは窓辺に寄って雨戸と障子を開けて顔を突き出した。きよもならうように外に向け、〔丹波屋〕の提灯に目を注いだ。

「姉さん、間違いないんだね」

「このあたしが間違うものか。あいつはすぐそこにいやがるんだ」

「それじゃ、すぐにでも押しかけて」

きぬは肌身離さず持っている短刀に手を伸ばした。

「お待ち」

「あいつは仲間と一緒のはずだよ。下手に近づけやしないさ。一人ならともかく」

きよは唇を嚙んで目を泳がせた。

「だって、すぐそこにいるんだろ」

「危ないじゃないか。そりゃああいつの仲間の賊も憎いよ。だけど、女二人でなにができる。とにかく秀次だけでもこの手で討たなきゃならないけど……」

「小室様に……」

と、きぬはいって口をつぐみ、そんなことはできないねと言葉を足した。きよも、うんとうなずき返した。

「それは最後の手段だよ。ここはじっくり考えようじゃないか。早まって下手をするより、慎重にやったほうがいいよ」

きよにいわれたきぬは、そっと障子窓を閉めた。

それから二人して、互いの顔を見合わせた。

「姉さん、追ってきた甲斐があったね」

「そうね。神様はちゃんと見てくださっているんだよ」

「でも、どうやってやろうか」

きよは黒目勝ちの目を大きくするきぬをじっと見た。

「今夜は様子を見ようじゃないか。この時分に秀次が旅籠を出るなんて考えられないし、明日になればもっと詳しく調べられるさ。まずは秀次が誰と一緒にいるかだよ」

「……そうだね」

「飯を食おう」

春斎は、寒そうに肩をすぼめ、手をすりあわせて戻ってきた勘助にいった。

夕餉《ゆうげ》の膳が運ばれていた。

「熱いのをつけてもらった。まずは体を暖めることだ」

先にやっていた春斎は勘助に酒を勧めた。

「頂戴します。賊の気配はありませんが、七人の客を泊めた旅籠がありました」

「なに？」

春斎はぐい飲みを口元で止めた。

「この先にある〔内田屋〕って旅籠ですが、昨夜と一昨日《おととい》の晩に行商人風の客を泊めたといいます。今朝早く出立したそうで……」

「七人といったんだな」

「へえ、大層な荷物を持っていたとも」

臭い――。

春斎の目が光った。

「勘助、戻ってきてすぐに悪いが、もう一度その〔内田屋〕に行ってこれを見せて確かめてきてくれ」

春斎は秀次の人相書きを勘助に渡した。

「それじゃ早速に」

「悪いな」

春斎は一人になると考えた。

賊は、目と鼻の先にいるのかもしれない。

しかし、今朝出立したとなると、もう箱根を越えていることになる。本当に越えたのだろうか？　大名行列のいる箱根の関所を通るのは困難なはずだ。それに、関所には秀次の人相書きも届けられている。

ぐいと眉《まゆ》を引き上げて、春斎は酒をあおった。

七千両あまりの金を持って関所を越えるには、それなりの細工が必要だ。金を荷物のなかに隠すとしても、七千両もある。一筋縄ではいかないが、なにか抜け道があるのかもしれない。

それに、手配の回っている秀次は一人で動いて関所を破ればいい。集団で動くより一人のほうが関所は破りやすい。

関所破りといっても、堂々と関所を通り抜けることではない。関所破りとは、裏山や裏道などの間道を使って関所を越えることをいう。また関所近くには柵《さく》が設けられており、これを跨《また》ぎ越えてゆくこともあった。

しかし、簡単には関所は破れない。関所役人の見廻りの目が光っており、関所から少し離れると、峻険《しゅんけん》な岩場や谷になっている。芦ノ湖を船で渡るにしても、役人の目がある。もっとも、そこには陥穽《かんせい》もあったであろうが……。

江戸期に何件の関所破りがあったかは定かではない。はっきり残っている文献記録では、五件六人となっているが、いくらなんでもこれは少なすぎる。

関所破りは小田原藩が取締りにあたるが、裁きは公儀が取り仕切るために、関所破りの犯罪者は刑罰が下されるまでに小田原藩の監視下に置かれる。

ついでながら、下りの関所破りはほとんどなかったと見ていいだろう。江戸に向かう下りには手形が不要だったからである。

二合ほど飲み干した頃、勘助が頬を赤くして戻ってきた。

「旦那、間違いありませんでした。宿のものはこの男とそっくりの客がいたといいました」

勘助は人相書きを返しながら言葉を継いだ。

「その秀次って野郎と仲間を入れて、賊は七人です」

やはりそうだったかと、春斎は酒を舐《な》めた。

「秀次らは雲助《くもすけ》を雇って宿に入っています。今朝出立する際には、馬子を雇っていたというんで、問屋場もまわってきましたが、そんな馬子はいませんでした。そのまま連れていったと考えたほうがいいかもしれません」

「……馬子を連れて関所を通れるかな……」

「さあ、それはどうでしょう……」

勘助は春斎の酌を受けて、冷えた体に酒を流し込み「ああ、うめえ」と顔を綻《ほころ》ばせた。

「関所を越えていないならば……」

春斎は片肘《ひじ》を自分の膝に乗せて宙に目を遊ばせた。

「この天気です。山越えの途中で野宿するとは思えませんから、止宿するとなれば畑宿ぐらいでしょうか。もっとも温泉場近くの湯治場《とうじば》や流れ宿《ぐやど》もありますが、七千両の金を持ってそんなところに行くとは思えません」

「そこに他の仲間がいたらどうだろうか」

冷めた膳に箸《はし》をのばした勘助の顔が上がった。

「賊は七人、他に仲間がいれば、それだけ分け前が少なくなります。悪党はけちな野郎が多いですから。だけど、七千両か……」

勘助は指を折って皮算用の顔をした。

「まあ、いい、その辺のことは明日になればはっきりするだろう。まだ、雪は降っているか？」

「降ったりやんだりです。やんでくれればいいんですが……」

春斎は飯をがっつきはじめた勘助から燭台《しょくだい》に目を移した。

揺らめく炎が、どこからともなく入ってくる隙間風に揺れている。

賊はついに箱根を越えたか？

どこか遠い目をしながら、山を登っていく賊たちのことを頭に描いた。

賊は行商人を装っているという。馬に大八車を引かせ、賊たちが急坂を登る。ときに荷を押したり、馬を引っ張ったり……。

大八車の荷を反物などの行商品に見せかけていれば、荷のなかの金は露見しないかもしれない。

賊たちが自分からどんどん離れていくような気がしてならない。

だが、逃がしはしない。必ず捕まえてやる。

春斎は自分に強くいい聞かせて、酒を飲んだ。

「勘助、飯を食ったらあの姉妹を見てきてくれないか」

「へえ」

「声はかけなくてもいい。おとなしくしているかどうかだけでいい。まあ、夜も更けてきたし、外は雪だ。無茶はしないだろうとは思うが」

徳利を傾けたが、酒は空になっていた。

春斎はやおら腰をあげると、

「酒をもらってくる。ゆっくり食っておれ」

四

宿は静かになっている。雨戸を閉めていないせいで、寒気が部屋のなかにまで忍び込んでいた。ときおり宿場を抜ける風の音が聞こえた。

眠れない夜を過ごすきよは、有明行灯の薄明かりを受ける妹の顔を眺めた。

仇討ちを固く誓ってここまでやって来て、ついに秀次を見つけた。心の底から惚《ほ》れた男だった。そして、思いもしない災いをもたらした憎むべき男でもある。

自分を裏切り、親切な人をまんまと騙し、罪もない家族を不幸のどん底に突き落とした悪辣《あくらつ》な外道。しかし、愛憎がない交ぜになっていた。

殺してやりたいほど憎いくせに、どこかで躊躇《ためら》っている自分がいる。それでも許せる男でないことは充分わかっている。

そっと天井に向かって吐いた息が白くなった。薄闇の一点に目を凝らし、布団のなかで両手を強く握りしめた。

あの男は、すぐそこにいる。

きよは爛々《らんらん》と目を輝かせた。

やはり許せない。許せるはずがない。殺してやる。

くっと唇を嚙んで心のなかで叫んでいた。

「眠れないのね……」

寝返りを打ったとき、きぬの声が背中でした。顔を戻すと、ぱっちり目を開いている
きぬの顔があった。

「あんたも？」

うんと、きぬがうなずく。

「鬼がそこにいるのよ……眠れるわけないわ」

「鬼……そうよね。あいつは鬼以下だわ」

きよはつぶやいてむっくり起き出した。それから障子窓を開けて、外を見た。

白い蝶《ちょう》のような雪が暗い空で乱舞していた。

宿場全体がうっすらと雪化粧していた。冷え切った風が頬を撫でて部屋のなかに流れ
込んできた。

「姉さん、今日は仇を討つ日よ」

「……わかっている」

きよははす向かいの旅籠〔丹波屋〕を眺めながら応じた。

通りには人っ子一人いない。しんしんと雪の降る宿場は静寂に包まれている。

小さな吐息をついて障子窓を閉めようとしたとき、きよは息を止めた。

〔丹波屋〕の表戸横のくぐり戸が開いたのだ。一人の男が顔を出し、空を仰いで通りを

足早で歩きはじめた。男の足跡が雪道に点々とつながった。

「きぬ」

きよは思わず妹を呼んでいた。


出立の仕度を終えた秀次と辰五郎は、火の弱くなった火鉢にあたっていた。

「雪が積もっているぜ。こんな按配《あんばい》で山越えできるかな」

辰五郎が細い目で秀次を見る。

「たいした雪じゃねえでしょう。いずれにしろ越えるしかねえんですから。この宿場には八州廻りがいるんですぜ」

「ここは山の麓だ。上のほうは吹雪《ふぶ》いているかもしれねえ。そうなったらことだ」

もしそうだったら困ったことだがと、秀次は内心で思っても口には出さなかった。

「その八州廻りを始末したらどうだ？」

〈人斬りの辰〉と恐れられる辰五郎の細い目に、針のような光が宿った。蛇のように冷たく感情のない目だ。

「それはあっしも考えやしたけど、相手は何人いるかわからねえ。一人二人ならなんとかできるでしょうが、そうするにしてもことですよ。ここは触らぬ神に祟《たた》りなしですよ」

「ふん」

辰五郎は舌先でぺろっと自分の鼻の下を舐めた。

「頭《かしら》も、こんな町はくそ面白くねえといったじゃねえですか……」

「まあな。それで手はずどおりに始末するのか？」

銀蔵親分の息のかかった三人の仲間のことだ。

「天気の具合もありますが、山を登って様子を見てからにしやしょう。雪が深けりゃ人手がいりますからね」

「おめえもたいした悪党だな……」

「なにをおっしゃいます」

秀次は辰五郎の視線を外して、火鉢の炭で煙草をつけた。おれを警戒しているのかもしれないと、辰五郎の心中を思った。

「じっと待っていても仕方がねえ。仲間が来る前に運ぶだけ運んどくか」

辰五郎が部屋に積んである荷を見ていった。

「そうしやすか」

秀次は煙管の灰を落として、腰をあげた。

それから二人して静かに荷物を玄関まで運んだ。半分ばかり運んだときに、旅籠の前に馬子がやって来て、他の仲間も顔を揃えた。

部屋の荷物を外に運び出し、馬にくくりつけていった。荷の中身は全部金《かね》だ。自分たちの荷は個々に背負ったが、たいした量ではない。

「じゃあ、行くか」

秀次は空を見上げた。やんでくれればいいがと思う。

顔を駄馬の荷に戻したとき、すぐ先の二階に動く影を見た。じっと目を凝らしたが、どうやら気のせいだったようだ。

馬子が馬の手綱を引くと、みんな揃ったように足を踏み出した。

まだ夜も明けやらぬ、八ツ半（午前三時）過ぎ。真夜中には違いないが、雪のせいで目は利く。

一行は雪のなかをゆっくり進んで、やがて上方口を抜けた。

ここから、板橋、風祭《かざまつり》、入生田《いりゅうだ》、山崎と進み、早川《はやかわ》に架かる三枚橋《さんまいばし》を渡って、北条《ほうじょう》早雲《そううん》が建てた早雲寺前を過ぎ、湯本地蔵堂の手前で右に折れた。

本来ならまっすぐ進み、急な坂道を須雲川《すくも》沿いに畑宿を登っていくのが東海道である。

だが、秀次らは右に折れ、弥坂《やさか》を下って須雲川を渡り、湯場（現・湯本）に入った。

ここから湯坂山《ゆさかやま》に登り、浅間山《せんげんやま》、鷹巣山《たかのすやま》という外輪山の峰伝いを進んでゆく。これは東海道ができる前、鎌倉幕府が開いた道で、湯坂道《みち》あるいは鎌倉道《みち》といわれる。

江戸幕府によって東海道が整備される以前、旅人はもっぱらこの湯坂道を使っていた。

秀次らがこの道を選んだのは、足場の悪い谷沿いの東海道を嫌ってのことだった。それに馬子の正吉にいわせると、こっちの道が幾分馬の疲れも軽いという。

しかし、この道もいずれ箱根の関所に行き当たることになる。秀次らはその手前で回り込んで関所を抜けるつもりだった。

湯坂山をしばらく登ったところで、秀次は馬子の正吉に声をかけた。

「どうだい、道は通れそうかい？　無理して登るなら考えなきゃならねえ」

「いや」

正吉は頬被りした顔を空に向け、それからずっと上に伸びている杣道《そまみち》を眺めた。

「旦那、こんなのなんてことはありゃしませんよ。あっしは何度もこんな天気のなかを行ったり来たりしています。それに、雲が流れているでしょ」

秀次は正吉に示された雲を眺めた。北の方角に流れている。

「雲の流れが天気がよくなると教えてくれるんです。それにこの雪は深く積もりゃしませんよ。もっとも尾根筋は少し深くなってるでしょうが、なにも気にするほどのことじゃ」

そういって、正吉はちーんと手鼻をかんだ。

秀次が懐の匕首《あいくち》に手を入れたのはそのときだ。ちらと辰五郎と目配せすると、

「正吉や、ご苦労だったな」

左手で正吉の肩をつかみ、右手に持った匕首を喉笛に当てた。

虚をつかれた正吉が振り返ろうとしたその刹那《せつな》、匕首の刃が喉を切っていた。

「をほっ……」

正吉の首から鮮血が迸《ほとばし》り、白い地面を朱に染めた。

荷を背負わされた駄馬が、ぶるるんと鼻を鳴らし、足踏みをした。

秀次はその馬を宥《なだ》めるように叩くと、よろめく正吉の尻を蹴飛ばした。くるっと体を半回転させた正吉の目は団栗《どんぐり》のように丸くなっており、喉にあてがった手の指の隙間からゴボゴボと血が溢れ出ていた。

正吉はそのまま足を滑らし、悲鳴をあげることもできずに崖下《がけした》へ転落していった。

「それじゃみんなここで着替えるとしようか」

秀次は顔色ひとつ変えることもなく、仲間を振り返って指示を出した。

辰五郎以下、自分の荷を下ろして着替えにかかった。秀次は旅姿の衣装を工夫して馬子に扮装した。

他のものは虚無僧姿だ。角帯をほどき、丸ぐけ帯に締め直し、袈裟《けさ》をかけ、手甲《てっこう》に脚絆《きゃはん》、尺八と刀を腰に差し、天蓋《てんがい》を被ると虚無僧だった。

万が一旅人と出会っても虚無僧なら妙な疑いを持たれることはないし、山のなかを歩き回っても山修行と思われるだろう。

虚無僧とは、元々は普化宗《ふけしゅう》の僧をさし、剃髪《ていはつ》をせず半僧半俗の身分である。「普化」には風狂とか瘋癲《ふうてん》という意味もあり、食い詰めた浪人や町人が勝手に虚無僧を装い、喜捨を求めて放浪することもあった。

虚無僧は厄介な存在で、庶民は托鉢《たくはつ》や止宿を求められれば断ることができなかった。幕府は偽の虚無僧を取り締まったが、その成果のほどはなかった。

変装の終わった一団は、馬子に化けた秀次の馬を先頭に再び山を登りはじめた。

五

深い眠りから目が覚めたのは、膀胱《ぼうこう》が膨れあがり尿意を催していたからだった。春斎は布団を剝《は》ぐと、泥のように眠り鼾《いびき》をかいている勘助をよそ目に部屋を出た。

廊下の要所要所に鰯《いわし》油を点した常夜灯の暗い明かりがある。

冷え込みが厳しく、春斎は思わず肩を丸め、睾丸《こうがん》をぎゅうと握りしめた。

厠に行き用を足すと、小便から湯気が立った。ぶるっと身を震わせ廊下を戻ったが、途中で二人の姉妹はおとなしくしているだろうかと、足音を忍ばせて彼女たちの部屋に向かった。

とっくに二人が寝ているのは知っていたが、気になったのは気紛れというより、説明のつかない胸騒ぎだった。

姉妹の部屋の前に来て耳を澄ました。

変だと思ったのは障子の隙間から風が流れ出てくるからだった。部屋のなかから風が流れ出てくるのはおかしい。それに人の気配がない。

春斎は眉根を寄せて、神経を集中した。寝息が聞こえない。

どうしたのだ……。

桟《さん》に手を伸ばし、薄く障子を開けた。いきなり冷たい風が春斎の顔をなぶった。障子窓が開いており、延べられた布団に姉妹の姿はなかった。

足を踏み入れて部屋のなかを見まわすと、二人の旅道具もない。

ちっ。

舌打ちするなり、春斎は自分の部屋にとって返し、高鼾の勘助を揺り起こした。

「おい勘助、起きろ」

勘助は寝ぼけ眼《まなこ》を手の甲でこすった。

「あの姉妹がいなくなったぞ」

「えっ？」

勘助はいっぺんに目が覚めた顔になった。

「ほんとうですか？」

「おまえに嘘をついてどうなる。旅道具もない。まったくこんな夜中に……」

いいながら春斎は着流し姿になると、差料をつかんだ。

「どこに行ったかわからぬが、この宿を出ている。面倒をかける女たちだ」

「あっしも探します」

「頼む」

勘助は飛び起きるなり身支度にかかったが、すでに春斎は仕度を終えていた。

「下手すると箱根に向かったのかもしれぬ。おまえは京口見附に向かってくれないか。なにもなければ、ここで待っておれ。箱根宿からここの問屋場に使いを出す」

「わかりました」

勘助の返事も聞かずに、春斎は部屋を出た。

通り一面は薄い雪に覆われ、軒先につららが垂れていた。

春斎は足跡はないかと地面に目を凝らす。わずかな形跡があるが、それが女たちのものであるかわからない。

上方口を抜け、早川に架かる三枚橋を渡った。

水溜まりだったところに氷が張っていた。

寒気が身を引き締めた。雪は相変わらずちらつく程度だ。

早雲寺前の道に来たとき、ぬかるむ地面にいくつかの足跡を見た。頭の上に大きな木々が廂《ひさし》を作っているので、そのあたりだけ雪がない。真新しい馬の足跡もある。

春斎は先を急いだ。弥坂に曲がる道まで来て迷った。

まっすぐ行ってみたが、足跡はない。急いで後戻りして弥坂を下り、須雲川の橋を渡り切ったところで、また足跡を発見した。

こちらかと、上につづく道を見た。

狭い間道が上のほうに延びている。道の両側から木の枝葉や熊笹が突き出している。春斎は道の先と足元を交互に見ながら足を進めた。

吐く息が白く筒状になった。雪を被っていないところには霜柱が立っていた。

霜柱を踏みつける音と、荒れてきた自分の息の音だけが聞こえる。

風が林を揺らし、積もった雪を落とし、白い霧を作った。

もう間違いなかった。山を登るにつれて真新しい足跡を発見していた。しかも、二つだけではない。足跡はいくつか重なり、それには蹄《ひづめ》の跡もある。

まさか――。

立ち止まって、山の尾根に霧のように漂う雲を見た。

あの二人は賊を見つけたのかもしれない。そう考えるのが妥当だったが、いったいどうやって見つけたのだ。はじめから賊の居場所に気づいていたのか？

疑問を頭のなかで考えるが、それがどうしたと打ち消した。

そんなことがわかってもなんの役にも立たない。

姉妹は賊かどうかわからぬが、幾人かの旅人たちを追いかけていると見て間違いなかった。そして、その数がわかってきた。

標高が上がるにつれ雪が深くなり、はっきりした足跡が残っていたのだ。

きよときぬの二人を除く足跡は、七つ。

賊だ。やはり賊を見つけたのだ。

草鞋がじっとり湿り、足袋《たび》を濡らした。足の指がかじかんできた。手の指先も血の気を失いそうになっている。息を吐きかけ、結んでは開く。

顔に吹きつけてくる風は冷たく、耳がしもやけを起こしそうになっていた。

山の頂上に着いた。それが湯坂山だということを春斎は知らなかったが、目の先にはもう少し高い山が雲に隠れている。浅間山だ。

風で飛ばされそうになる三度笠《さんどがさ》の顎紐《あごひも》を締め直して、先を急いだ。

谷を下り、そして登る。

木々に覆われた鬱蒼《うっそう》とした道があるかと思えば、急に開けた高台に出ることもあった。天気がよければさぞ見晴らしがいいのだろうが、生憎、周囲は靄《もや》がかかったようにくすんでいる。

雪が少し強くなった。もう足の指の感覚はほとんどなかった。このままでは血行が悪くなり足が凍ってしまう。

思い切って足を止め、濡れた足袋を脱ぎ、新しいものに履き替えた。少しはよくなったが、それもすぐに湿ってきた。

藪《やぶ》のなかでなにかが蠢《うごめ》いた。さっとそちらに目を向けると、太った猪《いのしし》だった。こちらに気づき、藪音をさせてどこへともなく消えていった。

夜はすでに明けていた。

曇った空が明るくなり、あたりも見通しが利くようになった。とはいっても天空は一面暗い群青色《ぐんじょういろ》をしている。

「少し休むか」

湯坂路で最も高い鷹巣山（標高八百三十四メートル）を下り、しばらく行ったところで秀次はみんなに声をかけた。

全員が立ち止まる。

「そうだな。もうここまで来ればこっちのもんだ」

辰五郎がいえば、

「火を焚《た》いて少し暖まりやしょう。指がかじかんでいけねえ」

と、林蔵が応じた。

「よし、そうするか」

辰五郎が答えたとき、子分の一人が一軒の炭焼き小屋に気づいた。

「いい具合だぜ」

みんなは炭焼き小屋に足を向けた。

無人の小屋だが、薪《まき》が重ねてあった。

七人は火を焚いて暖を取り、冷え切った体を生き返らせた。

「あの馬子、じきに天気がよくなるようなことをいったが、ちっともじゃねえか」

林蔵が煙管に火をつけながらぼやく。

「山の天気は気まぐれだから、あんな馬子の話をあてにするほうがおかしいんだ」

蝦蟇面《がまづら》の子分が馬鹿にしたようにいう。

秀次は馬の荷が緩んでいないか確かめて、みんなのところに戻った。

「もうどのぐれえ来たかな」

「麓を発って二刻（四時間）はたってるはずですぜ」

林蔵は煙管を切り株に打ちつけて懐にしまった。

「それじゃ芦之湯《あしのゆ》はもうじきだろう。あとは下りになるはずだから、関所越えはすぐだ。三島には夕刻に着けるんじゃねえかな」

秀次もここまで来て一安心していた。

だが、焚き火の炎を見つめながら、つぎのことにも考えをめぐらしていた。

あとは下りだし、馬もあるから人の手もかからない。関所を破るにしても、七人もいちゃ関所役人の目にもつきやすい。

ここいらあたりで始末しておくかと、大黒幕の銀蔵親分の息のかかった子分の顔を盗み見た。それから何気なく、辰五郎に目配せして立ち上がり、小便をしにいった。

放尿していると、それと気づいた辰五郎がそばにやって来て同じように小便をした。

「頭、あとは関所を破るだけだ。銀蔵親分の息がかりを始末するいい頃合いじゃないですかね」

声をひそめ、竿《さお》を振って滴《しずく》を払った。

「もう少し下ったあたりでやっちまうか」

あまり思案のめぐらない辰五郎はすぐに同意する。

「この先にちょいとした峰があるようだから、それを越えてからってことで」

「おれは別にどこだって構やしねえが、おめえがそういうならそれでいいだろ」

辰五郎は秀次たちを束ねている〈虚無僧の銀蔵〉の息がかかっているのは、才助《さいすけ》、丸《まる》造《ぞう》、弁治《べんじ》という下っ端だった。

この三人は、三島を出てからの経緯《いきさつ》を銀蔵につまびらかにすることになっている。いわゆるお目付役だった。

　そんなことは仲間内だから誰でも知っていることだが、辰五郎も秀次も分け前は一銭でも多いほうがいいに決まっている。お目付役を除いた二人の仲間も、すでに承知していることだった。

「そろそろ行くか」

　体が適当に暖まったところで、秀次が腰をあげた。

　それにならって仲間も腰をあげ、天蓋の雪を払って被った。


　きよときぬは慣れない山道に往生しながらも、前を行く秀次たちを追いつづけていた。しかし、その距離は開くばかりだ。男の足に追いつくのは至難の業だった。

　それでも二人の執念が、足を前に進めさせていた。

「煙が見える」

　息を喘《あえ》がせて、両膝に手をつき、きよは前方の山を見た。

　山々に漂う霧とは違う一筋の煙があった。

「きっと、あいつらが火を焚いてるんだよ」

　きよは息を整えながらいった。

「姉さん、そんな遠くじゃないよ。あいつらが休んでいる間に、追いつけそうだよ」

「そうね、ここからしばらくは下りだ。先を急ごうか」

きよは睫毛《まつげ》についた雪を指先で払い、菅笠《すげがさ》を被り直した。

ひたすら仇を討ちたいという一途な思いが、二人の危機感を鈍らせていた。これは精神的疲労と肉体的疲労が重なっているせいで、人間はある極限状態に置かれると冷静に自分を顧《かえり》みることができない。きよときぬはちょうどその状態にあったのだ。

手足の指はかじかんで半分固まったようになっている。休むたびに二人は、血行をよくしようと足の指や手の指を揉むのに余念がなかった。気休めでしかなかったが、なにもしないよりましなのは確かだった。

「追いついてもすぐに手出しなんかできないね」

きよが滑りそうな足元に用心しながらいう。

「そうね。少し体を休めなきゃもたないし……」

「でも、この道はどこにつながっているんだろうか?」

きよは風に吹き流されて逆巻く一塊りの雪を見ながら思った。二人はこの道が湯坂路であり、いずれ関所につながっているとは知らなかった。

「あいつらは盗賊だから関所破りを考えているんだよ」

「……そうかもしれない」

応じたきよは、それだったら町に出てから秀次を狙ったほうがいいのではないかと考えた。今や店を襲い、両親と奉公人たちを皆殺しにした賊より、二人の憎しみは秀次一人のみに注がれている。

きよは自分たちの進む道に残っている足跡を数えていたが、何人いるか見当がつかなかった。五人あるいは八人……。一頭の馬を引いていることだけはわかった。

しばらく下ったところで、二人は煙を上げて燻《くすぶ》っている場所を発見した。

「姉さん、火よ」

炭焼き小屋の近くまで進んで、きぬが声をあげた。

きよは下る道と、暖の取れる火を見てしばし躊躇《ためら》った。

「きぬ、あいつらはそう遠く離れていないはず。少し、暖まろう。このままじゃ体が凍えてしまう」

「そうしよう」

きぬも同意した。

二人は思い切り息を吸い込んで燻っている火を吹いた。濡れていない小枝を集めて、燠火《おきび》に被せると炎が上がった。

冷え切っていた体で火にあたると、生き返った心持ちになった。

「あまりゆっくりもしてられないけど、暖まるだけ暖まったらすぐに行くよ」

「わかってるわ」

きぬは濡れた足袋を脱いで乾かしにかかった。

六

春斎は前方の空に新たな煙を見た。

おそらくあいつらだろう。まさか、二人を捕らえているのでは……。そう思うとますます足を急がせた。

賊に捕まったら最後、生きて帰ることはできないだろう。最悪、その場で斬り捨てられているかもしれない。

春斎は大きく息を吸い、そして吐き出して呼吸の乱れを整えた。

喉の渇きを癒《いや》すために、枝葉に溜まっている雪をつかんで口に放り込んだ。

藪のなかで餌《えさ》を探す百舌《もず》の声がした。

ピーヒョロローと鳴く鳶が雪の舞う空に弧を描いている。自分と同じように鳥や獣も厳しい自然のなかで獲物を探して生きているのだ。

弱いものが食われ、強いものが生きる自然の掟《おきて》――。

その掟と同じようなことが起ころうとしている。いや、もう起きているかもしれない。

まして、きよときぬは鳶に自分の身をさらす野兎《のうさぎ》と同じだった。

風が頭上を覆う木々を揺らして、どさっと一塊りの雪を落とした。

煙を発見してから四半刻ほどで、その煙の出所がわかった。

打ち捨てられたような炭焼き小屋の前だ。小さな火がまだ残っていた。

春斎は冷たくなった手と足をかざして、前を行くものたちがそう遠く離れていないことを知った。

手足の指先に血が通いはじめたところで、春斎は下りの坂を駆けるように下りていった。

「もうここからは楽だ。この先からまた下りになって、あとはまっしぐらに箱根権現の近くにつながる」

先頭で馬を引く秀次は、眼下に見えてきた芦ノ湖を見ながら後続のものたちに告げた。

舞う雪の向こうに青みがかった湖がぼんやり見えていた。

道は平坦《へいたん》になり、やや広くもなっている。

片側は谷底につながる崖で、ときおり吹き上げてくる風が、降る雪を空に押し戻していた。

「関所を抜けさえすれば、あとはもう慌てることはない」

もうすぐだと思えば心が弾んだ。秀次はこれでおれも金持ちになれたと、心の高ぶりを覚えずにはいられなかった。

それから手はずどおりに、辰五郎に声をかけた。

「そろそろやりますか……」

そばにやってきた辰五郎は、かじかみそうな手に、はあっと息を吐いた。

「あとは下りで、関所を破るのは造作《ぞうさ》ねえでしょ。このあたりでひと思いにやっちまったほうが……」

「ふむ。そうするか」

口を動かさず、ようやく聞こえるような声で答える辰五郎の目が光った。秀次がなに食わぬ顔で足を進めれば、辰五郎が歩速を緩めて後ろに下がっていく。

「頭……」

後ろで仲間の声がした。

秀次は前方を見ながら馬の手綱を引く。すぐに悲鳴が聞こえるはずだ。

「女です」

また仲間の声が背後でした。

秀次は後ろを振り返った。下り坂の林の向こうに人の影がちらついた。

全員足を止めて、そちらを見ていた。

「なんだ、こんな道を……どうやって来たんだ……」

「どこかで休んでいたんじゃねえか」

「いや、そんなところはなかったはずだ」

仲間が口々に勝手なことをいう。

それじゃ、おれたちのあとを追ってきたってことなのか……と、秀次は心の内でつぶやいて、眉をひそめた。

自分たちはゆっくり馬を引いてきたし、途中で休みも入れた。あとから出立した旅人に追いつかれることはあるだろうが、なぜこの道を通る必要がある。

普通なら本道の東海道を使うはずだ。

秀次らは立ち止まったまま林の陰から姿を現した二人の女を認めた。女たちも急に開けた視界の先で立ち止まっている秀次らを見て、驚いたように足を止めた。

「どこまで行くんだい？」

しんがりについていた林蔵が女たちに声をかけた。

二人の女は互いの顔を見合わせたが答えない。

「どこから来たんだ？」

また、林蔵が聞いて女たちに近づいた。

風が吹いて道を覆っていた雪が吹き流され、渦状のつむじができた。

「お坊さんたちは……」

女の声は、秀次にはよく聞き取れなかった。

菅笠を被っている旅装束の女たちの顔もよく見えない。

「おれたちがどこから来たか、おまえらの知ったことか」

林蔵が一度こちらを見ていうと、また女たちは顔を見合わせた。

秀次は女に目を凝らした。

菅笠の下には頭巾をしているが、まだ若い女だ。このまま先に行かれては困る。また、関所破りをする手前、面倒でもある。

関所で余計なことをしゃべられてしまえば、役人らが追ってくるかもしれない。

秀次は馬の手綱をそばの木にくりつけて、女たちのほうに足を向けた。

「どうする？」

そう聞いてきた辰五郎は、すでに斬って捨てようという目をしていた。

邪魔な仲間を始末しようとしていた矢先のことであり、ここは慎重に対処しなければならない。

「ちょいと話をしてみやすよ」

辰五郎に秀次がいったときだった。

「あんたたちのなかに秀次って男はいないかね？」

自分の名を呼ばれた秀次は驚いた。名前を呼ばれたことではなく、その声に聞き覚えがあったからだ。仲間たちの目が秀次に向けられた。

「おきよか？」

馬子の恰好《かっこう》をした秀次を見て、二人の女がビクッと身を固めた。

秀次はさらに近づいて、きよときぬの顔を確かめた。二人も秀次を認めた。

「秀次、よくも……」

いったきよは唇を噛んで、懐に右手を差し入れた。

秀次はその手の動きを見ながら足を止めた。もはや考えるまでもない。

「おれを追ってきたってわけか……」

「……」

きぬも懐に手を伸ばした。その動きは早く、短刀の刃をきらめかせた。

秀次は慌てずに声をかけた。

「よく、ここまでやってこられたものだ」

「お黙り！　よくもあたしらを騙しやがったな。こうなったからには容赦はしない！」

いい放つきよは、弓を引き絞るようにきりりと眉を吊り上げ、短刀を握る手に力を込めた。

「女だてらに、こんなところまでわざわざ追ってきたその度胸には頭が下がるが、馬鹿なことをしやがる」

「ええい、うるさい！」

刃をきらめかせ飛び込んでいったのは、きぬのほうだった。

秀次は体を引くことで、きぬの短刀をかわした。すぐにきよが襲いかかってきたが、これもかわして腕をつかみ取った。

「放せ！」

きぬが短刀を構えて秀次に迫った。

そのとき、林蔵の腰の刀が風を切って唸った。

ばさっ。

音がしたと同時にきぬの菅笠が割れ、風に飛ばされた。

とたんに雪のように白いきぬの顔が現れた。

「へえ、なかなかいい女じゃねえか。連れ帰って売り飛ばしゃ銭になるぜ」

林蔵がにたついていうと、他の仲間もそうするかと余裕の体《てい》で、きぬに迫った。

「この女たちは〔扇屋〕の娘だ。あの晩いなかった例の女たちさ」

秀次が教えると、

「それじゃ命拾いしたくせに、わざわざ命を捨てに来たようなもんじゃねえか。ご苦労なことだ」

辰五郎がさらりと刀を抜いた。

「命なんか惜しくないさ。だが、その前に……秀次、覚悟おし!」

きぬが躍りかかれば、秀次に腕をつかまれたきよが渾身《こんしん》の力で抗《あらが》った。

秀次は体を反転させながら、きよを突き飛ばした。

目標を失ったきぬは、片側の崖に片足を踏み外しそうになり、岩にしがみついた。きよは地に転がって、キッとした目で秀次をにらみつける。

「まあ、そこまでだな。おれが始末する」

刀を抜いた才助が、きぬに振りかぶった。

「観念しな」

風が林の木々を揺らした。枝葉に積もっていた雪が霧となって流れる。

「痛っ」

才助がきぬを斬ろうとした瞬間だった。

才助の左腕に小柄が突き刺さっていた。そのまま腕を押さえて蹲《うずくま》った。

秀次以下全員がはっとなったそのとき、新たな声が山に響いた。

「外道! 関東取締出役・小室春斎だ! 神妙にいたせッ!」

「なに!」

秀次は疾風のように駆けてくる男を見た。小田原の旅籠で見た八州廻りだった。

「野郎！」

全員が刀を抜き、天蓋を放り投げた。

春斎は雪面を強く蹴りながら跳ぶように駆けていた。

三度笠が風の勢いで後ろに飛び、総髪が流される。刃渡り二尺四寸五分の五郎入道正宗の柄に手をかけるや、さっと引き抜いた。

雪はやんでいた。

谷風が吹き上げてきて、からげた裾をあおった。

きぬは崖側の岩にしがみついている。転んでいたきよはようやく立ち上がり、短刀を構え直した。

「下がっておれ！」

駆けながら、きよときぬに注意を促した。

「とあっ」

強く地面を蹴った春斎の身が躍った。横薙《な》ぎに刀を一閃《いっせん》させた。

「ぎょえぇー」

突きを入れてきた男の首を斬っていた。

血飛沫《ちしぶき》で雪面が朱に染まり、男が倒れた。

振り抜いた刀を返し、青眼に構え直して横に動いた。誘われたように一人が迫ってくる。

春斎はその男に注意の目を向けながら、他の男たちにも神経を配った。二間（三・六メートル）の間合いに入った。自分の動きに誘われた男が、右に剣筋を伸ばすと見せかけて、そのまま横に払ってきた。びゅうと風の音がした。

春斎は相手の動きに合わせて、内懐に飛び込んでいた。そのときはすでに、肝の臓を深く抉《えぐ》っていた。

「ぐへっ」

左手で、男の肩をがっちり握り、迫ろうとする男を盾にした。手元の柄をぐりと捏《こ》ねる。

「うぐっ」

肝の臓を破られた男の体から急激に力が抜けていくのがわかった。膝が折れる瞬間、春斎は刀を引き抜いた。男の着ている鼠色の袷《あわせ》がみるみるうちに赤く染まり、どたりと倒れた。血を吸った雪面が赤く広がってゆく。

その男の袈裟を剝ぎ取った春斎は、刃についた血糊《ちのり》をゆっくり拭いた。鋭い鷹のような目で残りの賊を見まわす。

えらの張った男が前に進み出てきた。鬢《びん》から顎にかけて無精髭を伸ばしている。剃刀《かみそり》のように薄い目を光らせた。

こいつはできる――。

春斎は異様な殺気を感じた。

「うぬは、生かしてはおかぬ」

男は喉の奥から声を搾り出し、同時に逆袈裟に刀を振り上げた。

脅しの太刀筋だとわかった春斎は、その場から身じろぎもしなかった。男の眉がぐいと動き、への字に曲げた口の端に笑みを浮かべた。

「おもしれえ」

そういう男は獲物にありついた目をしていた。殺しがなにより好きなようだ。

春斎は男の体全体に血の匂いを感じた。

男が右に動いた。春斎は左に動き間合いを取った。

上段に構え直した男が鋭い斬撃を送り込んできた。春斎はかわしきれずに、鍔元《つばもと》で刃を受けた。男はそのままものすごい力で押してくる。

春斎は身の丈五尺八寸(百七十五センチ)あるが、相手はそれ以上あり、膂力《りょりょく》も相当なものだ。

春斎は抗って押すと見せかけ、身を引いた。

ところが、相手はそれを看破していた。体の均衡はまったく崩れないばかりか、寸余の呼吸も与えず、つぎの斬撃を送ってきた。これは逆袈裟だった。

がちっ。

また、春斎は受けざるを得なかった。

刃を合わせたまま半回転する。背後に殺気を感じた。相手の押す力を利用して後ろに飛びすさった。片足が雪を被った石に躓《つまず》き、よろめいた。

しまった！

と、思ったときは大きな影が目の前に迫っていた。春斎は横に飛んでかろうじてかわしたが、やはり体勢を立て直すことができなかった。今度は雪で滑ったのだ。

「姉さん！」

きぬの声で、春斎はそちらに目をやった。

一人の男がきぬを背後から抱き、首に刀をあてがっていた。

春斎は雪面を転がり、一回転、二回転しながら帯の間に挟んでいる小柄を右手でつかんだ。もう一度転がって、小柄を投げた。

「ごほっ」

投げた小柄は一直線に空を切りながら、きぬを捕まえている男の喉笛に突き刺さった。男は信じられないといったふうに目を見開き、きぬにあてがっていた刀を落とし、そのまま背後に倒れ込んだ。

それですめばよかったが、男はきぬと縺《もつ》れるようにして崖下に転落していった。

「きぬ！」

きよの絶叫が雪に覆われた山間《やまあい》にこだました。

春斎は崖に落ちたきぬに構っている余裕はなかった。

どうにか体勢を立て直したところに、さきほどの目細の男から斬撃が叩き込まれてきた。

見切った。

春斎は右足を踏み込むなり、胴を払っていた。だが、刀の切っ先が相手の帯に切れ込んだだけだった。

にやりと目細の口が笑った。

不覚を取ったのはそのときだった。

びゅうっとなにかが飛んでくるのを目の端で捉《とら》えはしたが、かわすことができなかった。左肩の付け根に鋭い痛みが走った。見ると吹き矢が刺さっていた。

さらにもう一本が飛んできた。これは刀で払った。

目細の背後にいた男——さっき左腕に春斎の小柄を受けた才助——が尺八を使って吹

き矢を放っていた。

二尺五寸の「長管」といわれる尺八には、吹き矢が仕込んであるのだ。さらにつぎの吹き矢が飛んできた。春斎は地を蹴ってそれをかわした。

だが、着地したときに右の太腿にまた一本が突き刺さった。崩れた体勢を立て直すことができずに、横に転がった。

「あ、小室様！」

声と同時にきよに襟首をつかまれた。体は崖の斜面を滑っていた。

「放せ」

きよの目を見ながらいったが、きよは手を放そうとはせず、一緒になって斜面を滑ることになった。

崖の上に立った男たちの姿が遠くなる。春斎は滑り落ちながら、片手でそのあたりの岩をつかんだ。脆《もろ》くもばらっと剝がれる。

小枝をつかんだ。自分の目方に耐えきれずに、小枝は根本から抜けてしまう。

同じように滑るきよの体が下に行った。とっさに、きよの肩口をつかんだが、落ちる早さに加速がつくばかりだった。そのまま体が反転したと思ったら、ぐるぐる回りはじめた。

耳元で地を滑る音と、小石や岩が急な斜面を転げ落ちる音がした。

雪煙のなかで周囲の風景が何回転もして、体に強い衝撃を受けたと同時に視界が暗くなり、意識が薄れた。

誰かの声がしていた。その声はどこか遠くに聞こえる。

春斎は頭を振って目を開けた。

「小室様！　小室様……」

すぐ横できよが手を差し伸べていた。頭のどこかを傷つけたらしく、額に血が流れている。その血が目に入るのも構わず必死で手を伸ばそうとしている。

春斎はやっと我に返った。

意識を失ったのはわずかの間だったようだ。春斎は崖の途中に突き出したように生えている木に引っかかっていた。

手を伸ばすきよは、すぐそばの岩に辛うじて体を救われていた。

春斎は下を見た。砂と岩場が複雑に入り組んでいる谷底はすぐそこだが、四間（七・三メートル）は高さがありそうだ。

谷底にはきぬが男と一緒に倒れている。生きているのか死んでいるのかわからない。

「大丈夫か？」

「もう、落ちそうです」

きよが泣きそうな顔で訴える。

きよを支えている岩はぐらぐらして崩れそうになっている。

春斎は自分が引っかかっている木を見た。こちらはまだなんとか持ちそうだ。

「よし、手を──」

春斎は左手を伸ばして、きよの手をがっちりつかんだ。後生大事に持っていた右手の刀を鞘に納め、腰から抜いて下に落とした。

ゆっくりきよを引き寄せる。左肩に激痛が走った。力を入れると、吹き矢の傷に響くのだ。それに右太腿にも疼痛《とうつう》がある。

だが、痛みに負けているわけにはいかない。きよの体をゆっくりこちらに引き寄せた。

ぐらっと岩が動いた。と、思ったらずずっと岩がずり下がり、その勢いが増すやいなや崖を転がり落ちた。同時に、きよの体も下に落ちた。

春斎は奥歯を嚙み、痛む左手に渾身の力を込めた。きよと自分をつなぐのはその腕一本だ。きよは宙ぶらりんになっている。

「小室様、いけません。落ちます」

「放すな。しっかりおれの手をつかんでいるんだ」

歯を食いしばってきよの腕を引こうとするが、傷ついた左腕一本では引き上げられそうにない。女とはいえ、きよは目方があるのだ。

それでも落としてはならないと、きよを引き上げる。

「うおおっ……」

裂帛《れっぱく》の気合いを入れて腕に力を込めた。

きよの体が近づいてくる。

「空いている手で木をつかめ」

きよは片手を宙に泳がせるが、なかなか目の前の枝をつかめない。

「もうちょいだ」

いってやったとき、ようやくきよが枝をつかんだ。

「放すな」

きよの体を木の上に引き上げようとしたそのとき、その木がぐらっと下方に下がった。またぐらっと下がる。根っこが崖の岩場から離れそうになっている。小石や土砂がさらさらと下に落ちる。

「つかまっていろ」

春斎が再度声を発したとき、木が大きくたわんで谷底に向かって緩やかに折れた。そのおかげで春斎ときよは強い衝撃を受けることなく、谷底に足をつけることができた。

不幸中の幸いとはこのことだった。

「怪我はないか?」

春斎は自分には構わずに聞いたが、きよは倒れているきぬの元に走った。

「きぬ、きぬ。しっかりおし。きぬ」

きよは一心に妹に呼びかけ肩を揺すった。

春斎はそのきぬを見て、脈を取った。生きている。心の臓に手をあてるとしっかり動いている。

「心配するな」

きよにいって、きぬの頬を軽く張った。

貝が蓋《ふた》を開けるように、きぬの目がゆっくり開いた。

「……姉さん」

はあっと、安堵《あんど》の息を吐いたきよは、きぬを抱きしめた。

「体はなんともないか？」

心配する春斎を見たきぬは、ゆっくりうなずいた。

「悪運の強い女だ」

半ばあきれ顔でいった春斎は、崖の上を見た。

賊の姿はそこからでは見ることができなかった。かなり下まで自分たちが落ちたということがわかった。

背後に瀬音が聞こえた。近くに水が流れているようだ。

春斎は痛む足をひきずりながらまわりを見まわし、崖の上に視線を戻した。とにかくここから崖を登らなければならない。

第五章　三島女郎衆

一

火を焚《た》いた。

春斎は炎を見ながらゆっくり薪《まき》を足す。乾いた薪を選び、なるべく煙の出ない工夫をしていた。賊に居場所を知られないためである。

枯れ枝がぱちぱちと乾いた音を立てた。

「生きていてなによりだ」

春斎は肩の傷を手当てしてから、姉妹を見た。

崖《がけ》を転落したのに、きぬは手にかすり傷を作った程度でたいした怪我はなかった。一緒に転げ落ちた賊の体が、衝撃を吸収してくれたからだ。

きよも額に血を流していたが、それも今は止まりけろっとしている。

「体が暖まったら行くぞ。いつまでも道草は食っておれんからな」

「それより小室様のお怪我は？」

きよが心配そうな顔を向けた。

「心配いらん」

そういったが、吹き矢には毒を塗ってあったらしく、傷を負った腕と太腿《ふともも》に痺《しび》れがあった。近くの瀬の水で傷を洗い、口で毒を吸い取っていた。

「さて、どうするか？」

春斎は崖を見上げた。

上の道まで二十間（三十六メートル）以上はありそうだし、かなり急峻《きゅうしゅん》で岩盤も脆《もろ》い。別の場所を探すしかないようだ。

「歩けるか？」

「ええ」

きよときぬは同時に答えた。

二人とも充分暖が取れたらしく、頰《ほお》に血の気を戻していた。

「やつらはすでに関所を越えているはずだ。いったいどこに行くのやら」

春斎は茫洋《ぼうよう》とした目を周囲の谷に彷徨《さまよ》わせた。

「そのことでございますが……」

春斎はきよに顔を向けた。

「戸塚の宿で、三島から来たという親子と一緒になったのですが、その母親がいうには、三島には〈虚無僧の銀蔵〉という悪党がいるそうです」

「虚無僧の……」

「はい。その母親は旦那《だんな》さんをその銀蔵に殺され、店まで乗っ取られたといっておりました。ひょっとして、あの賊どもは三島からやって来たのではないかと……」

「三島か……」

春斎は無精髭《ぶしょうひげ》をぞろりと撫《な》で、岩場で息絶えている賊を眺めた。賊は三島の銀蔵という男の仲間と考えていいようだ。

「そのことを早く教えてくれればよかったのだが」

「すっかり忘れていたのです。それに、そんな話をする機会も……」

きよは春斎の視線を外した。

「まあよい。そろそろ行くか」

春斎が立ち上がると、きよときぬも従った。

小さな水の流れに沿って進んだ。春斎はときどき、崖の上にあるはずの道から外れないように歩いた。

雪はすでにやんでいた。頭上に張り出している枯れ枝が、空に罅《ひび》を走らせていた。

思い出したように雪がちらついたが、それも木の枝や葉に積もっている雪が風に吹かれたものだった。

せせらぎが緩やかな流れに変わったとき、登れそうな崖があった。

歩きながら木の蔓《つる》を集めていた春斎は、それを腰に巻き、

「おれのあとから登ってこい」

と、緩やかな斜面にしがみついた。

こんなときのために蔓を用意したが、それも必要としなかった。三人は間もなく元の道に戻ることができた。春斎はすぐに地面を観察した。

馬の蹄跡《ひづめ》と人の足跡がある。

「まだツキはこっちにあるようだ」

春斎はそうつぶやいて、空を見上げた。

薄い雲に覆われた空から弱い光がこぼれている。春斎はまぶしそうに目を細めた。

雪が降らなければ、賊の足跡は消えない。

「よし、急ぐぞ」

春斎は足を早めた。毒は消えたらしく痺れがなくなっていた。傷口がちょっとした拍子にズキッと痛むが、それもどうということはなかった。

半刻ほどで箱根権現の裏山に出た。賊の足跡は裏道を進んでいた。すぐそばに箱根の

関所がある。

春斎は思い切って街道に出て、姉妹を帰そうかと思ったが、賊の足跡がまた林の奥に進んでいたので、追跡を優先させた。

やがて関所からつづく柵《さく》が見えた。足跡はその柵沿いに山のほうに進んでいる。

「人が……」

口に手を当て目を丸くしたのはきぬだった。

春斎も気づいていた。近づくと一人だけでなくもう一人倒れていた。

「関所役人だ。あいつらに斬られたのだ」

二人の役人は一刀のもとに斬られている。

春斎は図体のでかいあの目細の男の仕業だと思った。

柵が壊されている箇所があり、そこから馬を通らせて逃げたようだ。

三人は足跡を辿《たど》って追いつづけた。曇った空から日光が射してきたのはそれからすぐだった。

雪が溶けだし、鳥のさえずりが聞こえるようになった。足元の草や木の葉の先から溶けた雪が滴《しずく》となって垂れはじめた。

杉木立を抜けると、往還に出た。東海道だ。

それからしばらくすると、今度は石畳になった。春斎は内心で舌打ちした。雪の溶けた石畳の道にはもう足跡はなかった。

「姉さん、富士山よ」

きぬの声に振り返ると、右手に雲を払った真っ白な富士の峰が見えた。

二

箱根宿から三里二十八町（十四・八キロ）、ついに秀次らは三島に入った。

通行人を見張る見附を過ぎて、秀次は馬の足を止めた。

夜明け前から歩き詰めで、しかも途中で立ち回りもあって疲れていたが、自分たちの縄張りに来たという安堵《あんど》感もあった。

「ちょいと一休みしやしょう」

秀次は辰五郎にいって、近くの茶店に入った。

馬に水と飼い葉を与え、自分たちは茶店の奥に居座った。

春斎に三人を殺されているので、一行は四人だ。

秀次、辰五郎、林蔵、才助。

「もう八州の手がおよぶ土地じゃねえし、あとは銀蔵親分に帰郷した旨を知らせるだけだ」

才助が春斎の小柄で傷ついた腕をさすって、煙管に火をつけた。

辰五郎は早速に酒を注文し、ちびりちびりやりはじめた。林蔵も山菜汁のぶっかけ飯を頬張って腹を満たしている。

秀次はここで才助を口説《くど》く必要があった。道々辰五郎と相談してきたことだ。三人を殺されたのは結果的にはよかった。自分たちの手を煩《わずら》わすことなく、邪魔を省くことができたのだ。しかし、その仲間を失ったことを銀蔵親分に説明しなければならない。

これは、銀蔵の息のかかったものがすれば信憑性《しんぴょうせい》があるが、そうでないと銀蔵が疑ってかかるのは目に見えている。そこで、秀次は才助に声をかけた。

「才助や、相談があるんだがな……」

「なんです？」

才助の顔はできもの痕《あと》ででこぼこしており、さながら鑿《のみ》で削ったような面相だ。眉毛《まゆげ》が太く一本につながろうとしている。

「災難があって三人の仲間を失っちまったが、考えてみりゃこれもなにかの因縁だ」

「へえ」

「命張ってでけえ仕事をやったんだ。これからは楽しく生きてえところだよな」

「はあ、そりゃあまあ……」

「分け前も、それなりにもらわなくちゃ、勘定に合わねえよな」

「……へえへえ、そりゃあもう」

「盗った金は七千余両ある。おれたちが苦労して手にした金だ。これをそっくり銀蔵親分に差し出す手はねえと思わねえか」

秀次はぷかりと煙管を吹かしながら、用心深く才助の心の奥を覗《のぞ》き込むように見た。

「そりゃあ、まあ……だけど、どういうことです」

「ぶっちゃけていいやあ簡単なことだ。おれたちが二千両もらうのよ。銀蔵親分には五千両渡すだけだ。そうすりゃあ、おめえの分け前は予定よりぐっと増える」

「どのぐらいです？」

才助は興味の色を示した。

「まずは五百両入る、それに銀蔵親分が分け前として半分の二千五百両をくれる。おれは三年の年季働きをしてきたから、そこから五百両もらえる約束になっている。つまり、残りの二千両をまた等分すると五百両入る」

「するってえと、おれは、いったいいくらもらえるんです？」

「しめて千両だ」

「……せ、千両」

「しっ。声がでけえよ」

才助は口と目を丸くしていた。

「正直に親分のとこに金を運べば、おまえの取り分はその半分だ。……ここは少し考えたほうがいいと思わねえか」

秀次はじっと才助の様子を窺《うかが》った。

断ってきたら斬るまでだが、そうはしたくなかった。銀蔵の目付役である才助に今回の経緯《いきさつ》をしゃべらせることは重要である。殺すのはそのあとでもいいのだ。

「どうだ、おれたちの話に乗るか？」

才助は秀次、辰五郎、林蔵という順番で顔を見た。

それからごくりと唾《つば》をひと呑《の》みし、

「いいですぜ。で、どうすりゃ……」

秀次は丁寧《ていねい》にわかりやすく、そして何度も才助に教えてやった。最後には銀蔵に報告すべき話を繰り返させもした。

辰五郎と林蔵は酒を飲みながらそのやりとりをじっと聞いていた。

「その代わり裏切りやがったら、おめえの命はねえからな」

「そんなことはしねえよ」

「よし。それじゃ、これから頭《かしら》の隠れ家に金を運んで、それから銀蔵親分のとこに行く。いいな」

「ああ、なんでもいうこと聞くよ。なんせ千両だからな」

才助は分厚い唇をぺろっと舐《な》めた。

四人はその茶屋を出ると、辰五郎が前もって用意していた隠れ家に向かった。

三島は交通の要衝である——。

東海道を筆頭に、町を象徴する三嶋大社から南に向かう下田《しもだ》街道と、北に向かう甲州道があり、古くから文化や産業などの交流地となっている。

宿場は伝馬、久保、小中島、大中島の四町で形成され、韮山《にらやま》代官の支配地となっていた。

町に闇《やみ》がおりはじめると、霧が出てきて町の明かりをぼんやり霞《かす》ませた。

馬を引く秀次と虚無僧姿の三人は、三本の道が交差する広小路を抜け、秋葉《あきば》神社裏の林に足を向けた。鴉《からす》の鳴き声がする暗い間道をしばらく行くと、右手に粗末な百姓小屋があった。

ここで四人は二千両を小屋の土中に埋めた。あらかじめ穴を掘ってあったので、造作もない作業だ。

「さあ、あとは親分の家に行くだけだ。挨拶《あいさつ》をしたら、今宵は骨の髄《ずい》まで楽しもうじゃねえか。もう誰にも遠慮することたあねえんだ」

秀次はこの夜、長い旅の疲れを酒と女で癒《いや》すつもりだった。

百姓小屋を出た四人は夜の繁華さを見せはじめた町の中心部を抜け、千貫樋《せんがんどい》を横目に見ながら切り通しを抜けた。

千貫樋は、かつて伊豆の領主だった北条氏康《うじやす》が、我が子を駿河《するが》の今川氏真《いまがわうじざね》に出す際、その引き出物として伊豆の水を駿河に送ったものである。それだけ三島の水は清らかでうまいと評判が高かった。

三島宿を陰で取り仕切る〈虚無僧の銀蔵〉の家は豪壮だ。

門の前にも内にも篝火《かがりび》が焚かれ、人相風体のよくない下っ端が警固にあたっている。

辰五郎を頭とする秀次らが屋敷内に入ると、三下《さんした》が走り出てきた。岩のような体つきをしている辰五郎と秀次を見ると、

「戻ってきたんですね」

「だからここにいるんだ」

辰五郎が胴間声《どうまごえ》で答えると、三下はすぐに家のなかに消えた。

「ご苦労だった。入れ」

声をかけてきたのは、いつも銀蔵の側に仕えている竹次郎《たけじろう》という用心棒だった。

秀次らは竹次郎に促されて、座敷に上がった。

縦に二間《けん》（三・六メートル）、横に一間（一・八メートル）という長い囲炉裏端に座ると、銀蔵が現れた。

地味な黒の着流しの裾《すそ》に、しゃれこうべの模様があしらわれている。綿の入った絹の

羽織を肩に引っかけ、上座にどっかり座った。

小男だ。身の丈は五尺（百五十一センチ）ちょっとしかない。白髪頭にきれいな櫛目《くしめ》が通っていた。

でっぷり肥えていて、眠たそうな目をしているが、この男こそ三島一の大悪党だった。年の頃は五十前後だが、誰も実年齢を知らなかった。

「大儀だったな」

痰《たん》の絡まったような塩辛声《しおから》でいって、秀次らを見まわした。

「秀次、おめえも長え間《なげ》ご苦労だった。首尾よくいったんだろうな」

「そりゃあもう」

秀次は銀蔵に面と向かうと、やはり気後れを感じる。

「金を見せろ」

銀蔵が短くいうと、駄馬から下ろされた荷がつぎつぎと囲炉裏端に運ばれてきた。

囲炉裏の上座近くには天井から鉤《かぎ》が吊《つる》されており、そこに鉄瓶《てつびん》がかけられていた。下座のほうには、五徳《ごとく》がありそこにも鉄瓶が置かれていた。

鉄瓶の口から湯気が立っている。

運ばれた荷が銀蔵の指示でつぎつぎと開かれ、黄金色をした小判や一分金などが顔を覗かせた。銀蔵の手下が目を見開き、ほうとため息をついた。

「いくらある?」

「へえ、五千両あまりでしょう」

銀蔵に答えたのは辰五郎だった。

「五千両か……ふむ、まあそのぐらいはあってもおかしくねえだろう。なにしろ御蔵前の札差だからな。それで、他のものはどうした?」

銀蔵は辰五郎の仲間が足りないことに不審の目を向けた。

「それは才助から話を聞いたほうがいいかと思いやす」

すかさず秀次が才助を示した。

「どういうことだ才助。三人はどうなった?」

「へえ」

答えた才助は、とつとつと事の成り行きを話していった。

秀次は内心肝を冷やしていたが、才助は教えたとおりに話を進めていった。疑いの目を向けられるといけないので、秀次は湯気を噴き上げる鉄瓶をじっと眺めていた。

「そうか八州廻りが……」

話を聞き終えた銀蔵は煙草に火をつけて吹かし、秀次らをひと眺めした。

「その八州野郎は確かに仕留めたんだろうな?」

「才助に吹き矢を二本打ち込まれ、崖下に転げ落ちたんで、助かってるとは到底思えません。それに三島は八州廻りの手の外です。万が一命拾いしたとしても、追ってくる心配はありませんよ」

秀次が答えた。

「……いいだろう。明日、分け前を渡す。今夜はゆっくり骨休めをするんだ。これはその駄賃だ」

銀蔵は懐に手をねじ込むと、半紙に包まれた切り餅《もち》（二十五両）を取り出して、秀次ら一人一人に放り投げた。

三

きよときぬの二人を連れて三島宿に入った春斎は、正直驚いていた。

――ここはかなり栄えている宿場だな。

宿駅はどこも街道に沿って帯状に町屋が形成されているが、ここは三つの往還が交差する広小路を中心に大きな町となっている。

旅籠《はたご》が多いのは当然だが、小料理屋の軒行灯《のきあんどん》も少なくない。

路銀を考えて、春斎は安そうな旅籠に入った。

「贅沢《ぜいたく》は禁物だ。雨露がしのげれば、それだけでもありがたいと思うことだ」

目をぱちくりやり、愚痴をこぼしそうな姉妹に春斎は釘《くぎ》を刺した。

入った宿の部屋に畳はなく、板の間に筵《むしろ》が敷かれているといった按配《あんばい》だった。

「……そうですね。辛抱しなきゃ」

きよは物わかりよくうなずき、きぬと一緒に筵の上に腰をおろした。

火鉢があり、煎餅《せんべい》布団もあった。

「長旅にはこんなこともあるさ。おきぬさん、これじゃ炭が足らぬ。もらって来てくれないか」

春斎は火鉢の炭を確かめていった。暖を取るのは火鉢しかない。寒々とした部屋で一夜を過ごすには、火を絶やさないことが肝心だ。

きぬが素直に炭をもらいに行くと、

「あの、相部屋なんでございましょうか？」

きよが心細げな顔をした。

「そうらしい」

春斎はきよの顔を見て言葉を促した。

「おれがちょっかいを出すとでも思っているのか？」

「いえ、そういうわけではありません」

バツが悪そうに答えたきよは、気まずさを誤魔化すように茶を淹《い》れてくれた。

すぐにきぬが炭をもらって戻ってきた。

「どうやらおれは、あんたらの仇討ちの手伝いをせねばならないようだ。これもなにかの定めかもしれぬ」

茶を飲んでぼそりとつぶやくと、きよときぬが驚いた顔を向けてきた。

「そうまじまじ見るな」

春斎は無精髭を大きな手のひらで撫でて照れた。それがよほど好ましかったのか、

「小室様は意外にうぶなんですね」

と、きぬが柔らかく笑った。

「なにがうぶだ……」

また、恥ずかしそうに茶をあおった。

姉妹は首をすくめて互いの顔を見合わせると、うふふと小さく笑った。それで、硬かった座の空気が和らいだ。

「おれも腹をくくった。だから、もう無茶はしないでくれ。よいな」

「はい。仰せのとおりにいたします」

きよが明るく答えた。

「……ちょいとぶらついてくる。先に飯を食って寝てていいぞ」

差料をつかんで腰をあげた春斎は、ぶらりと町に出た。

空を見上げると幾千もの星たちがきらめいていた。

どうやら天気は回復したようだ。

「お武家さん……」

声に振り返ると、出てきたばかりの宿の玄関で、女が科《しな》を作って物欲しそうに、そして嫣然《えんぜん》と微笑《ほほえ》んだ。

「今夜空いてるよ」

ちらと裾をめくって、赤い蹴出《けだ》しを見せた。飯盛女だ。

三島は箱根八里越えを終えた旅人と、逆に箱根越えを控えた旅人が多く泊まる宿場で、旅籠のほとんどに飯盛女を置いている。

「おれは忙しい」

春斎は女に一瞥《いちべつ》をくれただけで背を向けた。

継《つ》ぎ接《は》ぎだらけの軒行灯を掲げ、縄暖簾《のれん》の半分がちぎれている、いかにも安っぽそうな居酒屋に入った。狭い店だが、客は八分の入りでなかなか繁盛していた。

春斎は店の隅に腰をおろして酒を注文した。

ひと渡り客を見まわして、旅人より地元の人間が多いと見た。

これはよいところに入った。酒が来たので、ゆるりと喉《のど》に流し込む。適当に肴《さかな》を頼むといえば、それじゃ適当にと、店のじいさんが応じる。

すぐに肴が運ばれてきた。山鯨《やまくじら》（猪）の干し肉。むしって食う。味噌仕立ての珍味だ。

歯応えのある甘辛い肉は、嚙《か》めば嚙むほど味がしみ出してくる。

春斎はどうやって賊の一味を洗い出してゆくか考えた。

きよときぬから聞いた話が頭に引っかかっている。この宿場を取り仕切っているのは〈虚無僧の銀蔵〉という男らしい。

話が本当なら用心して探らなければならないが……。

周囲の客たちの会話をひとつひとつ拾っていった。銀蔵の名前でも出ればと思ったが、それらしき話は聞けなかった。話題の多くは箱根宿に逗留《とうりゅう》している薩摩《さつま》大名の一行が、いつこの宿場を通るかということだった。

酒がなくなったので、もう一本徳利をもらった。客が一人、二人と引けてゆく。

二本目を飲み終わる頃には、客の大半がいなくなった。

酔いつぶれて鼾《いびき》をかいているものがいれば、焦点の定まらない目で、ヤジロベエのように体を揺らしているものもいる。

呂律《ろれつ》の回らない口で埒《らち》もなく同じことを論じ合っている二人の客。

ただ一人、囲炉裏の前で静かに飲んでいる浪人がいた。ときどき興味ありげな視線を送ってくる。

春斎は無視して考えた。賊の足取りはもうわからない。この宿場より先に逃げたのであれば、追いようがない。なにか手がかりはないか……。

賊の一味はまだ自分が追っていると考えているだろうか……。あの崖でおれを仕留めたと安心しているかもしれない。なにせ、吹き矢二本を食らい、崖下に転落したのだ。また、八州廻りは箱根より先には足を延ばさないと高をくくって安心しているかもしれない。

ただ問題は、やつらが〈虚無僧の銀蔵〉の一味かどうかだ……。

明日問屋場《といやば》に行って確かめてみるか……。

春斎は黒くくすんだ天井の梁《はり》を凝視して、顎《あご》の無精髭を撫でさすった。

「お客さん、そろそろ店仕舞いなんで、なにか注文はありませんか？」

腰の曲がったしょぼくれたおやじの顔がそばにあった。

「それじゃ、酒をもう一本」

へえと、おやじが下がると、埒のない話をしていた二人の客が、ふらつく足取りで店を出ていった。

囲炉裏端の浪人も酒を追加した。その男が不意に声をかけてきた。

「そのほう、こっちに来て一緒にやらぬか」

春斎は相手を見た。目に悪意は感じられない。

「一人じゃ酒もうまくなかろう」

もう一度誘われたので、春斎は囲炉裏端に座を移した。火のそばに来て人心地ついた。

「この土地のものではないな。どこからまいられた？」

「あっちだ」

春斎はそう答えて酒を飲んだ。浪人のこけた頬が緩み、ふっと笑った。

「面白い男だ。おれはこっちから来た」

と、一方に顎をしゃくった。

「それじゃ、この辺の人間じゃねえってことか」

「……今はな」

春斎は男に顔を向けた。痩《や》せ浪人だが、肝の据わった目をしている。

「それじゃこの土地の生まれか？」

「ここで生まれて育った。わけあって他国に行き、此度《こたび》戻ってきた」

「それじゃ正月前に里帰りってわけだ」

「……そんなところだ。長くいるつもりはないがな」

浪人は不遜《ふそん》な笑みを浮かべて酒をあおった。

春斎は猪口《ちょこ》のなかの酒を見ながら、この男に聞いてみようかと考えた。それとも、それは不用心すぎるだろうか。ひとつカマをかけてみるか。

「おやじ、ちょいと訊《たず》ねるが」

へいと、片づけはじめたおやじがしょぼくれ顔を向けた。

「この辺に賭場《とば》はないだろうか。ちょいと懐を暖めようと思ってな……」

「ないこともありませんが、それは……」

「それは、なんだ？」

「およしになったほうがいいと思いますよ。博打《ばくち》なんかすりゃ損するだけです」

店のおやじは目を泳がせながら低い声でいう。

「おやじのいうとおりだ。よしたがいいぜ。とくにこのあたりじゃな。いいカモにされるのがオチだ」

痩せ浪人も忠告してきた。

「博打にゃ、自信があるんだ」

「ふん、博徒《ばくと》はみなそういう。だが、この辺の賭場はタチが悪い。よせよせ。悪いことはいわぬ」

「ずいぶん親切なことをいってくれるが、賭場の人間を知っているのか？」

「……さあ、どうだろう」

とぼける痩せ浪人を、春斎は射るような目で見た。

「銀蔵という男がいるらしいな」

思い切っていうと、片づけをしていたおやじの動きが止まり、猪口を口に運んでいた痩せ浪人の手も止まった。予想外の反応だった。

「旅をしているんだったら、明日はおとなしくこの宿《しゅく》を出るんだ」

痩せ浪人は諭すようにいう。

「そうするつもりだ。だが、銀蔵という男には興味がある。いってえどんな男なんだ?」

「誰にその名を聞いた?」

痩せ浪人の目が険しくなっていた。

「さっき買った女だ。なんでもこの宿一番の金持ちだと聞いた」

「……まあ、そうだろう」

痩せ浪人が答えると、

「そろそろ終わりにしたいんですが……」

おやじが遠慮がちな声でいった。

話の途中だったが、春斎は金を払って店を出た。

通りにはまだ何軒かの店に明かりがあり、あでやかな声や三味線の音も聞こえる。

春斎は店を出ると、暗がりにさっと身をひそめた。

さきほどのやりとりで痩せ浪人が銀蔵の配下でないことはわかった。だが、もう少し痩せ浪人の口から聞きたいことがある。

しばらくすると、痩せ浪人が出てきた。飲んでいたわりには酔った足取りではない。

春斎は自分の気配を消してあとをつけた。

広小路を抜け、下田街道を下ってゆく。冷たい風が酔いを覚ます。銀色の月に雲がかかっていた。

こん。

春斎はわざと小石を蹴った。瞬間、痩せ浪人の体が躍った。振り返り様に刀を抜き、打ち下ろしてきた。春斎は動かなかった。相手に斬るつもりのないことがわかったからだ。

痩せ浪人の刀が、鬢《びん》の横で風を切って止まった。

鋭い目でにらんでくる。そのとき春斎は、相手の脇《わき》腹に小柄《こづか》の切っ先を当てていた。

にやりと笑ってやる。

「お主、銀蔵って男のことをどれだけ知っている？」

「なぜ、そんなことを聞く？」

「興味があるといっただろう」

「小柄を離せ」

春斎はいわれたとおりに小柄を帯のなかにしまった。相手も刀を納めた。

「お主の名は？」

「小室春斎。お主は？」

「三浦金吾《みうらきんご》」

「銀蔵って野郎は、〈虚無僧の銀蔵〉という悪党の親玉だな」

「…………」

「おれはその一味に遺恨のあるものだ。会って話をしたいが、どんな男か知りたい。教えてくれぬか？　お主はその一味ではないはずだ」

「もし、そうだったら」

三浦金吾の目が月光を弾くように光った。

「そうだったら渡りに船。知ってる限りのことを吐かせるまでだ」

「ふふふッ。おもしれえ男だ。小室といったな」

「…………」

「やつはおれが斬る。邪魔だてするな」

「お主の邪魔などする気はないさ」

「だが、お主は妙なことをいう。遺恨があるといったくせに、銀蔵のことを知らない口ぶりだ」

春斎はこめかみをぴくっと動かした。三浦金吾はなかなか頭が切れるようだ。

「その辺で飲み直すか。奢《おご》ってやる」

三浦はいうなり来た道を引き返した。春斎は黙ってあとに従った。

居酒屋に入り、他の客から離れたところに座った。

「人にものを聞くんだ。お主のことを教えろ」

酒が来ると、三浦はそういってスルメを囓《かじ》った。

「お主は信用のできる男のようだな。おれは八州廻りだ」

三浦は表情も変えずにスルメを囓り酒を飲んだ。

春斎はなぜ三島までやって来たかを淡々と話した。

「……小室とやら、お主の推察は間違ってはおらぬよ。十中八九その賊は〈虚無僧の銀蔵〉の手下だろう」

他人に聞こえないほど小さな声で三浦はつづけた。

「銀蔵は三島宿を牛耳《ぎゆうじ》る悪党さ。だが、やつがいるせいでこの宿場は平穏だ。旅籠や店で迷惑をかけるよそ者やゴロツキは、やつらによって追い出される。困ったことがあればすぐにやつらが飛んでくる。商売人たちは安心して商売ができる」

春斎は酒を飲んで耳を傾ける。

「だが、安心の代償は決して安くない。月に一度、やつら虚無僧姿で托鉢《たくはつ》してまわる。商家や各家をまわって喜捨を求めるんだ。見合った喜捨がもらえないと、嫌がらせがはじまる。店や旅籠はいやいや払わざるを得ない。窮しているものには高い利子をつけて金を貸すが、取り立ては容赦がねえ。ときに、本則《ほんそく》を発行して売りつけることもある」

「本則？」

「虚無僧は普化宗《ふけしゅう》だ。本則ってのは普化の鈴鐸話《れいたくわ》を書いた、いわば尺八吹きの免状だ。やつらはそれを売りつけて金に換える。また、図に乗っている銀蔵の子分はあちこちで悪さをするが、お咎《とが》めなしだ。この宿の女郎も銀蔵の息がかかっている。飯盛女はその日の上がりを毎日徴収される。手下が集めてまわるが、集金役は一部を自分の懐に入れて銀蔵に渡しているようだ。とにかく、なにもかも銀蔵のところに金が吸い上げられるようになっているのさ」

「江戸で外道を働くことも」

「江戸だけじゃねえ。ときに京や大坂にも、やつらは出張って戻ってくるようだ。その辺のことは詳しく知らねえが……ある意味で、銀蔵はこの宿場にはありがたい男だが、誰も本心からありがたいなどとは思っちゃいない。自由に商売したいのに、売り上げはどんどん吸い取られるからな。誤魔化しが露見すれば、ただじゃすまない。ありがた迷惑な男なんだよ」

「それでお主は、なぜ銀蔵を斬ろうと……」

「親兄弟を殺された」

三浦は陰鬱《いんうつ》な顔をして酒を舐め、

「おれは必ずやつを斬る」

今度は一息に酒をあおった。

「そうか……まあ、おれが追うのはその銀蔵の手下だ。一人は秀次って野郎だ」

春斎は懐から人相書きを出して見せた。

「知らねえか？」

三浦は知らないと首を振った。

「それじゃ、明日問屋場にでも行って聞いてみるか」

「そりゃあやめたほうがいい。この辺のものは銀蔵のことには触れたがらない。問屋場の名主も年寄りもみな銀蔵の息がかかっている」

春斎は忠告をする三浦金吾の目を見つめた。

他のことを考えるんだと、三浦は言葉を足した。

四

〽富士の白雪やノーエ　富士の白雪やノーエ
富士のサイサイ
白雪や朝日で溶ける　溶けて流れてノーエ……

ワハハと哄笑《こうしょう》が渦巻いた。

三島宿一番の料理屋〔鶴亀屋《つるかめや》〕にどっかり腰を据えた秀次は、女郎たちに囲まれいい気になっていた。辰五郎も林蔵も才助もすっかり酩酊《めいてい》している。

酌をして踊って歌う女たちの着物は乱れ、すでに半裸状態にされているものもいる。

辰五郎は女二人を両膝に乗せて、片手で女の乳をいじくりまわし、片手で女の尻を撫でていた。そんな辰五郎に女が口移しで酒を飲ませる。

飲めや歌えで騒ぐのは、安っぽい白粉《おしろい》を塗りたくった三島女郎衆《じょろしゅ》と呼ばれる女たちだ。

林蔵と才助はそんな女たちと一緒に、褌《ふんどし》一丁の恰好《かっこう》で踊っている。

「さあ秀次さん、一献《いっこん》いきましょうよ」

「ああ、もう酒はたくさんだ」

秀次もいささか飲み過ぎていた。それにこれ以上飲むとあとの楽しみがなくなる。

「お菊《きく》や、おれを寝間に連れていってくれ」

秀次はその夜の伽《とぎ》をさせる女を呼んだ。

十八になったばかりの肉置《ししお》きのいい女だ。

「あらあらそんなにお酔いですか」

「ああ、酔った酔った」

ふらつきながらお菊に手を引かれて立ち上がった。すっかり骨抜きにされた顔をしている辰五郎に一瞥《いちべつ》をくれてから座敷を出た。

お菊にもたれながら廊下を進んで、寝間に入るとそのままお菊を押し倒した。

「あれあれ、そんな乱暴にしないでよ。やさしくしてくれなきゃ拗《す》ねるわよ」

お菊はたしなめるようにいって、秀次の首に腕を巻きつけた。

「じゃあ、やさしくしてやらあな」

いうなり秀次はお菊の胸をはだけさせた。

こぼれた白い乳房に顔をうずめ、乳首を吸ってやる。片手でお菊の帯をほどき、着物を剥《は》ぎ取って素っ裸にした。秀次も全部脱ぎ捨てた。

「あれ、あれ、慌てなさって。こんなに元気じゃないの」

お菊は怒張した秀次の一物をぎゅっと握った。

「面倒だから、さっさとやっちまうぜ」

とはいったものの、お菊の壺《つぼ》はまだ乾いている。

秀次は指で刺激し、口をつけて壺のなかの蜜を舌先で誘い出した。

くすぐったいなどと、きゃっきゃっ笑っていたお菊の声がだんだん艶《なまめ》かしくなり、喘《あえ》ぎ声に変わった。

右手を伸ばしてお菊の小振りの乳を揉みながら、さらに舌先で壺を刺激してやると、くびれた腰が悶《もだ》えはじめた。

秀次は適当なところで怒張した一物をお菊の壺に埋め込んだ。

「うっ」

有明行灯の明かりのなかで、お菊の頭が左右に振られた。ぎゅっと目を閉じ、

「ああっ……」

と、喜悦の声を漏らした。

秀次はゆっくり動いた。まだ若いお菊の体は敏感に反応するらしく、むっちりした脚を秀次の腰に絡め、自ら腰を振りはじめた。お菊の喘ぎがすすり泣きに変わった。

秀次はいたぶるような視線を、喘ぎつづけるお菊に注いだ。

酒は控えたつもりだったが、気の緩みからつい飲み過ぎてしまった。ここで気を抜いちゃ駄目だと、秀次はお菊をよがらせながら自分を戒める。

銀蔵はおそらく分け前をケチるだろう。こっちの胸算用とは合わないはずだ。だが、まあそれはいい。明日、分け前をもらったら、まず才助を始末する。

そのあとで辰五郎と林蔵も片づける必要があるが、さてどうやってやるか？

銀蔵に始末させるのが一番いいのだが、その考えを捨てて、辰五郎と組んで銀蔵を殺す手もある。どっちがいいか？

江戸で仕事を終えたあと、秀次は辰五郎と組んで銀蔵の首を取る算段をした。銀蔵の後釜《あとがま》として辰五郎が収まるという条件でだ。

だが、その計画はもう少し先になる。辰五郎はその準備はできているといったが、いざ三島に戻ってみると、その気配はなにもなかった。知恵の働かない辰五郎はいい加減なことを口から出任せにいったにすぎない。

こうなったらどっちにつくかと考える。いっそのこと二人とも始末したいが……。

「ああ、秀次さん、秀次さん……あっ、あっあっ……もう、もう……」

すすり泣く声を漏らすお菊が果てようとしている。

秀次は構わずに腰を動かしつづけた。

「ああっー」

堪らなくなったらしく、お菊が体を起こして秀次に抱きついてきた。ひしとしがみつくと、秀次の腰の動きに合わせ一際激しく腰を振った。

「ああっ、あっ、あっ……いいっ、いいっ……」

そのままお菊は果ててぐったりとなった。秀次は面倒くさくなり、精を放出する気も萎《な》えてしまった。

安寧《あんねい》な顔になったお菊を寝かせると、秀次も隣に横たわった。

息を乱れさせたお菊が満ち足りた顔を胸に預けてきた。秀次はやさしくお菊の頬を撫でながら、天井に目を注いだ。

辰五郎を銀蔵に売れば、自分にも害が及びそうな気がするが、やつらの金をせしめるにはそれが一番いい考えかもしれない。

だが、それで本当にいいだろうか……。

くそ。酔いのまわった頭ではうまく考えることができなかった。それに睡魔に襲われつつある。明日考えることにしよう。

秀次は瞼《まぶた》を閉じた。

五

霧に包まれた朝。

三島宿はまだ眠りについている。どこかで鶏の声、そして空に鴉。

軒先のつららが、まるで刃物のようにきらりと光った。

春斎は懐手をして霜柱を踏んで歩いていた。

向かうのは〈虚無僧の銀蔵〉の家である。昨夜、三浦金吾に教えてもらったとおりに歩いている。切り通しを抜けると、目当ての屋敷が見えた。

黒板塀に囲まれた豪壮な家だ。冠木門《かぶきもん》を設《しつら》えてもある。悪の権化《ごんげ》にふさわしい家かもしれない。朝まだき宿場町に浮かぶ屋敷には物々しさがある。

土地のものはこの屋敷を、「銀蔵御殿」と呼んでいるらしい。

春斎は立ち止まると目を細め、顎の無精髭をぞろりと撫でた。

銀蔵は侠客《にんきょう》を気取っているのだろうが、とんだお門違いだ。三浦金吾の話を信じれば、下劣な銭の亡者にすぎない。

ぐるりと屋敷の周囲を歩いた。銀蔵はどんな面《つら》をしているのだろうかと考える。頬髭の一本をぴっと引き抜いて、ふっと吹き飛ばし、もう一度屋敷を眺めた。

太陽が雲間から現れ、霧が払われてゆく。

春斎はくるっと屋敷に背を向け、また来た道を戻った。

旅籠に帰ると、泊まり客たちが朝餉《あさげ》をかき込み、出立の準備をはじめていた。寝ぼけ眼《まなこ》で欠伸《あくび》をして旅籠を出ていく女たちがいる。飯盛女だ。

「どちらにいらしていたんです」

部屋に戻ると、きよが心配そうな顔を向けてきた。

「空気を吸ってきただけだ」

春斎は差料を脇に置いて、火鉢にあたった。

「なんだ、そうだったのか。置いていかれたのかと思っちゃった」

きぬが安心したようにいって、首をすくめた。

「朝餉が来てます」

「もらおうか」

春斎はきよに飯を盛ってもらった。

麦飯だ。タクアンに、大根の味噌汁、それに梅干しと小さな焼き鰯《いわし》。下等な宿にしてはましなほうだろう。

三人は静かに食事をした。客の足音が廊下を往き来する。表では客を送り出す番頭や女中の声がする。

「……それでこれからどうされるのです？」

沈黙を破ってきよが口を開いた。

「うむ」

春斎は味噌汁を飯茶碗に入れて箸でかき混ぜた。

「もう少し様子を見る。賊がここにいるのか、それとももっと先に行ったのか、確かめる必要がある」

「あたしたちになにかできることがあれば、遠慮なくおっしゃってくださいまし」

「……ここでおとなしくしていてくれるか。おれたちの顔は賊に知られている。迂闊《うかつ》に動いて、相手に気づかれたらことだ。おれが戻ってくるまでここにいてくれ」

きよときぬはお互いの顔を見た。

「そうしてくれ」

「わかりました。小室様のお帰りを待つことにします」

きよが答えた。

春斎は猫飯をすり込んで茶碗を置いた。

「それでは。行ってくる」

「お気をつけて」

刀をつかんで立ち上がった春斎に、姉妹は頭を下げた。

表に出た春斎は近くの店で深編笠《ふかあみがさ》を買った。これで顔は隠せる。

さきほどとは違い、通りには旅人の姿が多く見られた。山駕籠が走り、馬子《まご》に引かれた駄馬が行き交う。

問屋場に着いて春斎は飛脚を走らせた。小田原で待っている勘助に宛《あ》てたものだ。二、三日様子を見るが、探索が長引くようだったらまた飛脚を走らせると書状にはしたためておいた。

問屋場の名主や年寄りをそれとなく観察した。三浦金吾の忠告どおり、無闇に話しかけることを控えた。

だが、問屋場に背を向けた春斎は、これからどうするかと、はたと考えた。とにかく賊の一味が、銀蔵の手下であることを確かめる必要がある。

往来に湯気の立つ馬糞《ばふん》が落ちており、野良犬がその匂いを嗅いでいた。春斎はぼんやりと野良犬を眺めて、昨夜会った三浦金吾の言葉を思い出した。

銀蔵は毎日、飯盛女たちの上がりを徴収するといった。手下がその役目をする。なるほど。春斎は腕を組んで、深編笠のなかでほくそ笑んだ。

三街道が交差する広小路にある適当な茶屋の縁台に腰をおろした。

じっと張っていれば、相手は向こうからやって来るだろう。

日が昇り、まぶしい光が三島宿を満たした。澄んだ空気の奥に富士の銀嶺《ぎんれい》が浮かび上がっている。空は真っ青に広がり、宿場に活気が満ちてくる。

春斎は旅籠といかにも淫売宿然とした店と、与太者に注意の目を向けた。

太陽がゆっくり中天に移動し、寒々しい冬の雲が風に流されてゆく。

待つこと一刻半（約三時間）――。

それらしき与太者を見つけた。二人だ。各旅籠に出入りし、往来で捕まえた女から金を受け取っている。おそらく三島女郎の上がりを徴収する掛かりだろう。

「お客さん、お茶を」

いつまでも動かない春斎に、茶店のばあさんが不審な目を向けてきた。

「いや、もう結構だ」

春斎は金を置くと腰をあげた。

集金の終わったらしい二人の男をつける。

広小路から秋葉神社裏の間道に向かって歩く。銀蔵の屋敷のある方角だ。春斎は切り通しに差しかかったところで、足を早めた。

前の二人はつけられていることも知らずに、世間話にうつつをぬかしている。

「おい」

声をかけると、前を行く二人が振り返った。

「なんだい？」

相手が声をかけてきたとき、春斎はその間合いを詰めていた。

「ちょいと聞きたいことがあるんだが」

いうなり刀の柄頭を一人の鳩尾《みぞおち》にぶち込んでいた。

「うっ」

うめき声を聞いたときには、もう一人の首筋に愛刀の刃を突きつけていた。

「ひっ、な、なにしやがんだ」

目を剝いて腰を抜かしそうになっている。

「そこの相棒を担げ。下手なことをすれば、この首が飛ぶ」

「わ、わかった。き、斬るな……」

男は相棒を肩に担いだ。

「歩け。そっちだ」

春斎は刀を突きつけたまま林のなかに促した。どんどん奥に足を進め、通りからは声が届かないところで足を止めた。

「そこでいい。下ろせ」

男はいうとおりにした。気を失っていた男が目を覚ましたのはそのときだ。春斎は殴りつけてもう一度おとなしくさせた。

「そいつを縛るんだ」

懐から細紐《ひも》を出して、放り投げた。

気絶した男の腕が木の後ろに回され、きつく縛られた。

「お、おめえは……」

振り返った男の鳩尾をもう一度、春斎は刀の柄頭で強く突いた。

一瞬にして男は気を失った。そいつも細紐で木に縛りつけ、そこで頬を叩いて目を覚まさせた。

「てめえ、な、なにしやがんだ。おれたちを銀蔵一家と知ってのことなんだろうな」

男は怯《おび》えていながらも粋がった。

「ほう、おまえらはやはり銀蔵の子分だったか。二、三聞きたいことがある。正直にしゃべってくれりゃあなにもしねえが、そうでなきゃ命はないと思え」

春斎は深編笠をつまみあげて、キッと鋭い眼光でにらんだ。

「な、なんだよ」

「この男を知らねえか」

懐から人相書きを出して見せた。男は大きく目を瞠《みは》った。

「……しゅ、秀次」

それで充分だった。

やはり賊は銀蔵の手下だったのだ。これではっきりした。

「こいつは江戸で人を殺していやがる。その他にも六人の仲間がいた。そのうちの三人はおれが斬った」

「お、おめえが……」

男はゴクッと生唾を呑み込んで、自由な足で地面を引っ掻いた。だが、両腕は木の後ろに回され、きつく縛られているので逃げることはできない。

「秀次とその三人はどこにいる？」

「し、知らねえ」

ぴしっ。

春斎は人差し指と中指の二本で男の頬を鋭く叩いた。男は鼻の粘膜を切ったらしく、鼻血を垂らした。春斎はじっと相手をにらむ。どこかで鳥の鳴き声がした。

「ゆ、昨夜《ゆうべ》戻ってきたのは知っているが、どこにいるかは知らねえ。た、多分、〔鶴亀屋〕だとは思うが……」

「鶴亀……」

「この宿場一番の料理屋だ。三島女郎の姐《あね》さんがやってる店だ」

「その姐さんの名は?」

「お勢津《せつ》さんだ。いってえ、おめえはなんなんだよ……」

「銀蔵一家には何人の手下がいる?」

春斎は相手の問には答えず聞いた。

「百人は下らねえよ」

「今もそうか」

「今は二十人ぐれえだ」

「普段はそのぐらいの手下が屋敷にいるってことか?」

「ま、まあそんなとこだ」

「そうかい……」

春斎はしゃがんだまま林の奥に視線を遊ばせ、顎の無精髭を撫でた。

お勢津という女がやっている〔鶴亀屋〕か……。

すっと腰をあげると、男が慌てた。

「き、斬るな」

必死に命を乞うように目を剝いた。春斎は顎を蹴り上げた。


四半刻後、春斎は〔鶴亀屋〕を仕切る勢津と、長火鉢を挟んで向かい合っていた。

「ああ、昨夜散々遊んで帰っていったよ」

勢津は油断のない目を春斎に向ける。銀蔵の息がかかっているはずだから、春斎も用心していた。

「それで、あの男になんの用なんだい？」

「金を貸している。年の瀬も迫っているし、このままじゃ正月が迎えられない。それで追いかけてきたんだが、家がわからない。教えてくれないか」

勢津は黙って火鉢の炭をいじり、煙管に火をつけ、唇を尖らせて紫煙を吐いた。

「あいつのしそうなことだ……」

勢津は忌々《いまいま》しそうに煙管の灰を落とした。春斎は小首をかしげた。ひょっとしたら秀次に遺恨があるのかもしれない。

「いっとくけど、あんなやつには関わらないほうが身のためだよ。どうせ行ったって金なんか返しちゃくれないさ。あいつはそういう男さ。腐れ根性が……」

勢津は切れ長の目を春斎に向けた。三十過ぎの大年増だが、女としての容色は衰えていない。

「秀次の家は下田街道を下ったとこにあるけど、いるかいないかわかりゃしないよ。掘っ立て小屋みたいな家だからね」

そういった勢津は、筆を手にすると半紙に地図を書いてくれた。

「あんた、やつを斬るつもりだね」

地図を渡しながら勢津はじっと春斎の目を覗き込んだ。

「なぜ、そう思う？」

「あんたには血の匂いがする。あたしの目は節穴じゃないんだ。ただの借金取りじゃないってのは、先刻お見通しさ」

「そうか……」

春斎は地図を懐にしまった。

〔鶴亀屋〕を出た春斎は店を振り返って顎を撫でた。

いい女だ……。

瞼の裏に一見冷たそうで、腹の据わった勢津の顔を浮かべていた。

地図のとおり歩いてゆくと、秀次の家はすぐに見つかった。往還から一町ほど入った林の手前にあった。なるほど掘っ立て小屋である。家全体は傾《かし》いでいるし、板壁の至る所に隙間《すきま》がある。

これで冬を越すのは大変だろうと、屋内の気配を探ったが人の気配はない。春斎はガタピシ音を立てる戸口を開けてなかに入った。

狭い三和土《たたき》があり、左手に水瓶の置かれた台所。框《かまち》を上がってすぐが、板間の六畳で、奥にもう一部屋あった。

春斎は上がり込むと、柱に背を預けて待つことにした。

六

「こ、これは……」

秀次は銀蔵から差し出された切り餅を見て、信じられないような顔を銀蔵に向けた。

銀蔵はなに食わぬ顔で煙管を吹かし、どこかそっぽを向いていた。

差し出された金は、予想していた額と大きく違った。

手元にある切り餅はたったの四つ。どこをひっくり返したってそれ以上はない。分け前は一人頭たったの百両なのだ。

秀次は辰五郎、才助、そして林蔵の顔も見た。

三人とも腑《ふ》に落ちない顔をしている。

「親分」

秀次が声を震えさせると、銀蔵の眠たそうな目が光った。秀次はおのれ銀蔵と、腹のなかで怒りが煮え滾《たぎ》りそうになっていた。

「不服だといいてえんだろうが、とりあえず、おめえらの分はそれだけだ。だが、慌てることたあねえ」

銀蔵は火鉢の縁にカンと煙管を打ちつけて、言葉をつないだ。

「おめえらは確かに五千両ばかし運んできた。だが、大事な子分が三人斬られたとあっちゃ、おれも考えがある。おめえらまさか口裏合わせて、その三人を殺《や》っちまったんじゃねえだろうな。分け前ほしさに……」

「ま、まさか、そんなことは……」

秀次が唇を噛んだ。腹のなかで滾《たぎ》る怒りはひとまず抑えなければならない。

「親分、あっしはこの〝仕事〟のために、三年も年季奉公をしていたんですぜ」

秀次は必死の訴えをしたが、銀蔵は取りあおうとしなかった。

「とにかく、それは分け前の前金だ。江戸に使いが走っている。そいつが戻ってくりゃ、おめえらが〔扇屋〕からいくら盗んだかがわかる。分け前はそのとき、きっちり決める。おれの目が届かねえと思って誤魔化されちゃかなわねえからな」

「そ、そんなことは……」

秀次は予期しなかった成り行きに戸惑っていた。

「それもこれも京で働いてきた八五郎《はちごろう》らが誤魔化しをやりやがったからだ。その二の舞は御免蒙《こうむ》りてえからな」

秀次がその話を聞いたのは、ついさきほどだった。

京の反物問屋を襲い、金六千両を盗んだ八五郎を頭とする一党がいたが、盗んだ金を誤魔化したことが露見していた。つい十日ばかり前のことらしい。当然八五郎は闇に葬られている。

秀次はそっと才助の顔を盗み見た。うつむけた顔を青くさせている。膝をひっしとつかんでいるのは、震えを止めるためかもしれない。

「とにかく、ちゃんとした分け前をやるのは使いが戻ってきてからだ。わかったな。気に入らなきゃ、ここでおれの首を取ることだ」

銀蔵は煙管の柄で、自分の首を叩いた。

「滅相もございやせん」

辰五郎が声を搾《しぼ》り出した。

「物わかりがよくていいや。今日はそういうことだ。下がれ」

銀蔵は蠅《はえ》でも払うように手を振った。

秀次らは気もそぞろに銀蔵の屋敷を出た。

誰もがすぐに口を開こうとしなかった。秀次は銀蔵のしたたかさに、恐怖していた。江戸に使いを出しているとは思いもしなかった。もし、その使いが戻ってきたら、盗んだ金を誤魔化していることがわかってしまう。

そうなったら後の祭りだ。秀次はこの危機をどうやって切り抜けたらいいか必死に頭を働かせた。

殺されるかもしれないという冷めた心とは裏腹に、晴れた冬の日はぽかぽかと暖かい。そばを流れるせせらぎの音がのんびり聞こえ、スズメたちが楽しそうにさえずっている。

あの金を持って逃げるか……。二千両あるんだ。だが、そうするにはこの仲間たちをどうにかしなきゃならない。

「頭、どうするんです？」

最初に口を開いた林蔵が辰五郎にすがるような目を向けた。

「……むむっ」

「江戸から使いが戻ってくれば、二千両誤魔化したことがバレちまいますぜ」

「そうなんだよ」

「そうなんだよじゃありやせんよ。このまんまだとおれたちは殺されちまいます。秀次さんどうすんですか？」

林蔵は泣きそうな顔を秀次に振り向けた。

「だからおれは……」

そういって口をつぐんだのは才助だった。

「だからなんだ？」

秀次は才助をにらんだ。

「おめえ、この期《ご》におよんで裏切るんじゃねえだろうな」

「だって、こうしようといったのは秀次さんですよ。おれはうまく……」

「うるせえ！」

秀次は才助の頬を殴った。

「今さら泣き言いったって遅いんだ。おめえもおれたちと同じなんだよ。どうするかを考えるんだ」

「江戸に行った使いは誰だ？　そいつが三島に戻ってきたところで殺しちまえばどうだ」

辰五郎が独り言をいうようにつぶやいた。秀次もそのことは考えていた。

「その手もある」

そう応じた秀次は才助を殺そうと決めていた。

「とにかくあの小屋に」

そういったとき、あたふたと駆けてくる男がいた。三島女郎衆から上がりの徴収をする留吉《とめきち》と弥吉《やきち》の兄弟だった。

「どうした？」

辰五郎が声をかけると、二人は息を切らしながら立ち止まった。

「いいとこで会った。秀次さん、あんたを追っているやつがいるぜ。背の高い浪人だ。人相書きを懐に持ってやがった」

「なんだと！」

弥吉の言葉に秀次は驚いた。あの八州廻りだ。生きていたのか。

「それでどうした？」

弥吉は肩を喘がせながら、春斎に体を縛られ訊問されたことを話し、やっとの思いで腕の縛《いまし》めをほどいて逃げてきたと付け加えた。

秀次の危機感がますます強くなった。春斎が派手に動けば、銀蔵が江戸に出した使いより早く自分たちの誤魔化しが露見する。先に春斎を始末しなければならない。

「仲間を集めて、そいつを探すんだ。そいつは小室春斎という八州廻りだ。女が一緒かもしれねえ。それも探し出せ」

「でも、どうやって？」

「旅籠に泊まっているはずだ。虱潰《しらみつぶ》しにあたるんだ。おれたちもすぐ行く」

弥吉と留吉はすっ飛ぶように、銀蔵の家に駆けていった。

「頭、こりゃあオチオチしてられなくなった。小屋に戻ったら、すぐに町に戻ろう」

四人は二千両を隠した小屋に急いだ。

小屋は無事だった。他人が入った気配もない。戸を閉めると、埋めた金がちゃんとあるか確かめてみた。金はあった。

「それにしても秀次、どうするんだ？　今さらここに残りの金があったなんていえねえぞ」

辰五郎は間の抜けたことをいう。

「うまい方策を考えますよ。それより八州廻りが邪魔だ。そっちを先に始末しねえと、この金までフイになっちまう」

「まさか、これを持って逃げるんですか？」

才助が驚いた顔をした。

「あたりめえだ。もう分け前のことは考えないほうがいい。この金を持ってどっかにズラかるんだ。それが身のためだ」

「で、でもうまく、そんなことが……」

「やるしかねえだろう」

秀次は苛《いら》ついた顔で才助をにらんだ。それから、辰五郎と林蔵を振り向き、

「とにかく八州廻りを先に始末しなきゃならねえ。金はこのままにして弥吉らと八州を探すのが先決だ」

「そうだな。おそらくそうだろう。そうするか」

辰五郎がそういって出ていくと、林蔵がつづいた。

「才助」

そう呼び止めたとき、秀次は懐の匕首《あいくち》をつかんでいた。

「なんです」

才助が振り返った。

秀次の腕がすっと才助の腹に伸びた。

切っ先が土手っ腹に、ずぶりと埋まり、才助の目と口が大きく開いた。秀次はさらに深く匕首を押し込んで、捻《ひね》った。

「うげえぇ……えぇ……」

才助はべろんと舌を出して、膝から頽《くずお》れてその場に倒れた。

辰五郎と林蔵が振り返っていた。秀次はその二人を見た。

「こいつは裏切るに決まっている。口を封じておいたほうがいい。なに、あの八州に殺られたか、どっかにトンズラこいたことにすりゃいい。それにここに埋まっている二千両の取り分も増える。文句はねえでしょう」

「いいだろう。仕方がねえからな」

辰五郎はいつも深く考えない。もはや秀次のいいなりだった。

広小路に戻ると、弥吉と留吉を中心に十人ほどの男たちが、旅籠を走り回っていた。

「留吉」

一軒の旅籠から飛びだしてきた留吉を、秀次は呼び止めた。

「いたか？」

留吉は首を振った。

「よし、おれたちも手分けして探すんだ」

秀次がそういったとき、

「辰五郎の頭、秀次さん」

と、駆けてくるものがいた。

「いやしたぜ。男は多分秀次さんの家だ」

「なに！　おれの家に……」

「それから、八州廻りと一緒の女が二人いやした。そこの〔不二乃屋《ふじのや》〕です」

秀次は〔不二乃屋〕に目を向けた。

きよときぬに違いない。

「女を捕まえておけ。いいか、逃がすんじゃねえぞ」

そう指図してから、秀次は林蔵に仲間を集めるようにいった。

「八州廻りを血祭りに上げるんだ」

秀次の目の色はすっかり変わっていた。やがて、十数人の男たちが群れとなって下田街道を下っていった。

七

木枯らしが吹いてきたのか、裏の林がざわめきだした。

春斎は閉じていた目をかっと開き、腕を組み直した。床下からも戸板の隙間からも冷たい風が吹き込んできて、体温を奪っていく。

それでも春斎は寒さに耐えていた。

どんなにあばら屋だろうが、秀次の家はここである。戻ってこないわけがない。三年あまり留守にしていた家だが、家財道具はそのままになっている。

やつは、きっと戻ってくる。

そう確信する春斎は、静かに白い息を吐いてまた目を閉じた。だが、その目はすぐに開けられた。

人の気配がある。それも一人二人ではない。

薄闇のなかに視線を走らせ、戸板の隙間に目を凝らした。動く人の影がある。

この家はすでに取り囲まれているようだ。

刀をそっとつかみ、すぐ動けるように片膝を立てた。林が大きくざわめいたそのとき、大声がした。

「八州の小室！　出てきやがれ！」

春斎は立ち上がった。

どこから外に出るか周囲を見る。同時に、なぜここがわかったかと考えをめぐらせた。〔鶴亀屋〕の勢津の顔がすぐに浮かんだ。

やはりあの店を訪ねたのが……早まったことだったかと唇を噛んだが、もう後の祭りだ。

「いねえのか八州野郎！」

もう一度大声がした。

春斎は引き戸に手をかけると、一呼吸置いてからガラッと戸を引き開けた。

秀次と目細の姿があった。だが、いつまでも戸を開けている場合ではなかった。戸を閉めようとした瞬間、弓矢が一斉に放たれた。

それには火がついており、風を切り炎の尾を引きながら飛んできた。

ばちん。

思い切り戸を閉めた。

トン、トン、トン――。戸板に矢が突き刺さる音がする。

「火を放て！」

その声でまた新たな音がした。

屋根にも床下にも、燻《くすぶ》る煙と火が見えた。松明《たいまつ》が放たれたのだ。

玄関の戸板に突き刺さった火矢も、永年の風雨に曝《さら》された古くて粗末な板を燃やしはじめていた。

煙が徐々に屋内を満たしはじめる。火の勢いがみるみる強くなる。

春斎は口を塞《ふさ》いで、どこかに逃げ道はないかと探った。どこにもない。まわりはすっかり火の海だ。ぱちぱちと音を立てる炎が火の粉を飛び散らし、皮膚を焼く。

このまま家のなかにいれば、焼け焦げて死ぬだけだ。

煙に巻かれてはならないと身を低めて、周囲を観察する。床下からも火の手が上がっている。

いかん。

思い切って、部屋の戸板を蹴破った。火のついた戸板が倒れ、風を巻き起こして火を暴れさせた。束の間だが、視界が開け、新鮮な空気を吸うことができた。

びゅっ、びゅっ――。

風を切る異音がした。煙でしょぼつく目が飛んでくる弓矢を捉えた。

身をひるがえしてかわそうとしたが、一瞬遅かった。ぶすっと脇腹に一本が突き刺さった。つづいて、もう一本が右の肩口に突き刺さった。

春斎は転げるように倒れ込んだ。何本もの矢が頭の上を飛んでいった。

刺さった矢を引き抜き、土間に転がった。

もうまわりは火の海だ。外に出れば待ち構えている弓にやられる。かといって、ここにいれば丸焼けになるだけだ。

春斎は進退窮まった。煙で目がしょぼつき、息が苦しくなった。

なんとかしなければならない。冷たい地面が水ならばと死の淵のなかで思う。この危機を切り抜ける方法はないか、と必死に考えながら霞む目でまわりを見る。

身を焦がす炎と煙しかない。地に這いつくばって、体を動かした。

ガラッとなにかが崩れる音がした。

茅葺《かやぶ》き屋根の一部が崩れ落ちたのだ。一塊りの炎が床を叩いて、火の粉を周囲にまき散らした。一瞬だけ青空が覗いて、すぐに黒灰色の煙に塞がれた。

周囲には生き物のようにのたうつ炎があるだけだ。

春斎は狭い土間の地面に張りついた芋虫だった。

どうにかしなければならない。どこかに逃げ道はないのか。体が熱く燃えるようだ。息をすれば喉が焼けるように痛い。

秀次はゴウゴウと音を立てて燃える自分の家を見ていた。

燃え落ちたってちっとも惜しくない家だ。あの二千両を手にして三島を出てしまえばい。こんな田舎にも未練なんぞない。

銀蔵に殺される前に、金を手にして逃げればいいのだ。

ここに至って秀次の腹は決まった。目の前の家はどんどん燃え、すでにその原形を崩していた。まわりのものたちも、もうなにもすることなく燃え落ちる火を見ていた。

「寒いときゃあ火事に限るぜ」

などと軽口を叩くものもいた。

屋根はすっかり落ち、黒い支柱だけになった。それでも火の手はやもうとしなかった。木枯らしに吹かれて炎が逆巻き、黒煙が空高く昇ってゆく。

「もう、生きてねえだろう」

辰五郎がぼそりとつぶやいた。

「生きてられっこねえですよ」

林蔵が応じた。

秀次は火のなかに春斎の骸《むくろ》を探そうとしたが、まだ火は収まっていなかった。しかし、こんな火のなかで生きていられる人間なんているはずがない。

もう八州廻りのことは心配する必要がない。ここにいつまでもいる必要はない。きよときぬがいるのだ。あの姉妹を銀蔵の前に出したらことだ。

二千両を持って逃げる前に、そんなことになったら……。

秀次の心が急いた。

「頭、行きやしょう。あの二人の女が生きてるんです」

秀次は辰五郎を促して燃え落ちる自分の家に背を向けた。


勢津が〔鶴亀屋〕を出たのは、虫の知らせとでもいえばよいだろうか。心が妙に落ち着かなくなったのだ。

銀蔵の子分たちが〝あの男〟を探し回っていた。勢津は知らないとシラを切ろうと思ったが、のちのちのことを考えると怖ろしくて嘘をつくことができなかった。

正直に秀次を探している浪人が訪ねてきたと話してしまった。しまったと思ったのは、あの男が八州廻りだと知ったあとだった。

銀蔵の子分が、あいつは八州廻りだと確かにいったのだ。

この宿の女郎たちを救える人間かもしれない――。勢津はそう思った。

恥をさらし体を張って生きなければならない可哀相な女たちは、銀蔵がいるためにいつまでたっても地獄の苦しみから抜け出すことができない。

勢津は自ら他の土地に逃げようと思ったことがある。しかし、自分を慕い頼ってくる女たちを見捨てて余所《よそ》に移ることはできなかった。

確かに銀蔵の庇護があるから、女たちはこの宿場で稼ぐことができるが、それは蟻《あり》地獄にはまったようなもので、蛇の生殺しと同じだった。

銀蔵が死ねば、その苦しい呪縛《じゅばく》が解かれるはずだが、そんなことはいつになるかわからない。袖の下をつかまされている韮山代官も銀蔵らには目をつぶっている。だったら誰が救えるのだろうかと常々思っていた矢先に、八州廻りが現れた。願ってもないことだった。しかし、それを知ったときは遅かった。

勢津はなにかに背中を押されるように殺風景な街道を小走りに急いだ。

林道の向こうに十数人の男たちの姿が垣間《かいま》見えたとき、勢津は足を止めた。銀蔵の子分たちだ。

不必要に関わりたくない勢津は、藪《やぶ》のなかに身を隠してやり過ごすことにした。息を殺して空を見たとき、黒い煙が見えた。焚き火などでできる煙の量ではない。いやな胸騒ぎがして、心の蔵の鼓動が早くなった。

銀蔵の子分らがめいめいにしゃべりながら過ぎてゆく。勢津はじっとその場を動かなかった。秀次の姿があった。辰五郎という人斬りの姿もある。

「……丸焦げだ」

「なあに、構うもんか。骨も残ってねえだろう……」

「しかし、よく燃えたもんだぜ」

男たちはそんなことをいいながら、通り過ぎていった。

すっかり男たちの姿が消えると、勢津はまた道を急いだ。

秀次の家はそこの地蔵堂の前を曲がればすぐだった。腰を折って地蔵様に手を合わせ、足を早めてすぐ勢津の足が止まった。

まるで地面に足がぴたっとくっついたように動けなくなった。強ばった顔のなかにある目は、黒焦げになった秀次の家を瞬《まばた》きもせず見ていた。

まだ火は収まっておらず、風が煙を巻き上げ火の粉を舞わせた。

ふらふらっと足を進めたのは、ずいぶんたってからだ。

せっかく救いの手が伸びてきたと思ったのに、それはただの幻だったのか……。

失意のまま焼け跡を眺め、本当にあの八州廻りがここでと思った。

銀蔵の子分たちの言葉が思い出される。丸焦げだとか、骨も残っていないだろうといっていた。

八州廻りがここで焼かれたということなのだろうか……。それならなにかが残っているはずだ。八州廻りではないかもしれない。

勢津は焼け跡に足を進め、じっと目を凝らした。用心深くなにひとつ見逃すまいと目を光らせた。人間の死体らしきものはどこにもない。

風が吹いてきて焼け跡の灰が襲いかかってきたので、勢津は顔をそむけた。おかしなものを見たのはそのときだった。人間の髪が見えたのだ。水瓶のなかだ。

まさかと走り寄った。水瓶のなかに人が入っていた。

「生きてるのかい？」

我を忘れて、水瓶のなかに手を突っ込み肩に手をかけた。ぐらっと首が横に倒れた。

水瓶の水は温《ぬる》いお湯になっていた。

「しっかりおし、生きているのかい。死んじまったのかい……」

ぱんぱんと頬を叩いた。

自分を訪ねてきた八州廻りに間違いなかった。

「……やっぱり、死んじまったのか――」

勢津はそこで息を呑んだ。男が虚ろな目を開けたからだった。

第六章　銀蔵御殿炎上

一

秀次は辰五郎と林蔵を伴って、〔不二乃屋〕に乗り込んだ。

銀蔵一家と知り、「何事でございますか」とおたつく主《あるじ》と番頭を、辰五郎が突き飛ばして、声を荒らげた。

「おれの手下がいるはずだ。どこだ」

「に、二階の角でございます。なにとぞ騒ぎだけは——」

辰五郎は主をもう一度突き飛ばした。

秀次は先頭を切って階段を登りながら、

「新八《しんぱち》、どこだ？　顔を出せ」

手下の名を呼ぶと、一人の男が廊下奥の角部屋からひょっこり顔を突き出した。

「ここです」

秀次たちはどかどかと廊下を進み、部屋に踏み込んだ。

きよときぬが後ろ手に縛られ、猿ぐつわを噛《か》まされていた。

秀次は手の甲で口を拭《ぬぐ》うと、

「しつこい女どもだ。てっきり死んだものと思っていたが……」

きよときぬは猿ぐつわの間からうめき声を漏らし、挑戦的な目で秀次をにらんだ。

「今度という今度は容赦しねえぜ。なんだ、その目は」

秀次はきよの顎《あご》を人差し指で持ち上げた。

「そう怖い目をするんじゃねえよ。折角の器量が台無しだ。おとなしく江戸にいりゃ命拾いしたものを……まったく、しつけえ女だ」

「……うう……」

きよが左右に目を泳がせた。

「なんだい？　あの八州廻りか。あいつはもう死んだよ。黒焦げの丸焼けだ」

きよときぬの目が大きく見開かれた。

「秀次さん、こいつらをどうするんです？」

背後にいる林蔵が聞いてきた。秀次はゆっくり振り返ると、新八に顔を向け、

「新八、ご苦労だったな。女はおれたちが預かる。おめえは帰っていいよ」

「どうするんです？　いい女じゃねえですか、おれにもちょっと——」

「うるせー！　帰れっていったら帰りやがれ！」

秀次の一喝に新八は後じさってすごすごと部屋を出ていった。

なんだい、おれが捕まえたんじゃねえかという小言が聞こえたが、秀次は新八の後ろ姿をにらんだだけでなにもいわなかった。

「秀次、それでどうするんだ？」

辰五郎がどっかり腰をおろして、湯呑《の》みの茶を飲み干した。

「親分の家に連れていくことはできねえでしょ」

「じゃあどうすんだ？」

まったくこいつは人を斬ることしか能がねえのかと、秀次は内心でぼやいた。

「あの隠れ家にひとまず連れていきやしょう。先のことはそれからで……林蔵、二人の縄をほどいてやりな」

いわれた林蔵が姉妹の縛《いまし》めをほどきにかかった。

「おきよ、おきぬ。こういうのを自業自得っていうんだ。下手に騒いだら、ずぶりといくからな。おれたちゃ本気だ。おとなしくしてりゃ、わりいようにはしねえ」

「……そんなことが信じられるかい」

猿ぐつわを外されたきよがキッとした目を向けてきた。秀次の匕首《あいくち》がぴたっと、きよの頬《ほお》にあてられた。

「でけえ声出すんじゃねえよ。おきぬ、おめえもだ。下手なことしやがったら、遠慮なくくぶっ刺すからな」

「外道が」

ペッと、きぬは秀次の顔に唾《つば》を吐いた。秀次は顔についた唾をゆっくり着物の袖《すそ》で拭うと、思い切り平手を返した。

ばしっ。きぬは横に倒れた。

「林蔵、こいつらが妙なことしたら遠慮なく斬っていいからな」

そういい置いて、秀次はきよときぬに立てと指図した。二人は悔しそうに唇を噛んで、恨みがましい目でにらんだが、おとなしく立ち上がった。

「さあ、行くんだ」

「殺されたって恨み殺してやる……」

きよが吐き捨てるようにいった。

「できるもんならやってみな。ぐずぐずしねえで行くんだ」

きよときぬを先に歩かせて、秀次たちは表に出た。

宿場はいつもの賑《にぎ》わいを見せている。

飛脚が走り、棒手振《ぼてふ》りが声をかけて歩く。旅人を取りあう旅籠《はたご》の呼び込みがいれば、土産《みやげ》を売りつけようとする売り子がいる。

日は傾きつつあるが日没まではまだ間がある。

秀次はきよの腰に匕首を突きつけていた。きぬの腰には林蔵の匕首がある。二人の姉妹はおとなしく歩いた。

広小路を抜けようとしたとき、帰ったはずの新八が駆けてきた。

「辰五郎の頭《かしら》」

秀次と林蔵は女を止めて、新八を見た。

「なんでえ」

「親分が呼んでます。秀次さんも林蔵も」

新八が順番に三人を見た。

「なんの用だ？」

秀次が聞いた。

もしや、江戸に行った銀蔵の使いが戻ってきたのではと、ドキリとした。

「へえ、なんでも今夜は三人のために宴会をやるとかで」

秀次は銀蔵になにか魂胆があるのではないかと疑った。辰五郎に女を見ていてくれというと、新八を離れたところに連れていき、

「江戸に走っている親分の使いは誰だか、おめえ知ってるか？」

「安兵衛《やすべえ》ですよ」

「あいつか……」

秀次は安兵衛のしゃくれ顎を思い出して、耳たぶをつまんだ。

「今どこにいるかわかっていねえか？」

「さあ。江戸を出たって話は聞いてますが……」

「いつだ？」

「二日前です」

秀次は警戒しなければならないと思った。安兵衛が飛脚を走らせていれば、〔扇屋〕からいくら盗まれたかはバレている。

「どうしたんです？」

思案していると、新八が声をかけてきた。

「わかった。後で行くと伝えておいてくれ」

「あの女たちをどうするんです？」

新八がきよときぬを見やった。

「おめえにゃあ関係ねえ。行け」

秀次は走り去る新八を見送ってから辰五郎のそばに戻り、

「林蔵、ちょいと問屋場《といやば》に走って、親分宛てに飛脚が届いていないか聞いてきてくれ」

「これからですか？」

「すぐだ」

林蔵が駆けていくと、秀次はきよときぬに、再度歩けと命じた。

秋葉神社裏の百姓小屋に近づいたとき、きよが声をかけてきた。

「秀次、小室様を本当に殺したのかい？」

「あの男に気でもあったのか」

「馬鹿いうんじゃないよ」

「へへ、おめえもずいぶん気が強くなったもんだ。あの男はおれの家で、おれを待っていたんだ。だから、家に火をつけて丸ごと焼いちまったよ。焼け落ちるまで見てたから、生きてるわけがねえ」

「……ひどいことを。犬畜生にも劣る男だったとは」

「なんとでもいえ。そっちだ」

隠れ家の百姓家に着いた。

きよときぬを家のなかに押し込むと、また後ろ手に縛りつけて板の間に転がした。

「殺すんなら殺しやがれ！」

きぬが喚《わめ》いた。

「この外道が！　あの世に行ってもこの恨みは忘れないからね！」

きよも罵《ののし》り声をあげた。

秀次は構わなかった。

「どうするんだ秀次？　なぜ、問屋場に林蔵を走らせた？」

頭の回転の遅い辰五郎は、肩を揉《も》みながら聞いた。

「親分に呼ばれたのが気になりやしてね。江戸に使いに出ているのは安兵衛です。やつが飛脚を出していりゃあ、おれたちの身が危ない。呼び出しを受けて殺されるかもしれねえでしょう」

「……なるほど、そういうことか。おめえはよく頭が回る男だ。感心するぜ」

「火を入れやしょう。ここは寒くていけねえや」

秀次は竈《かまど》の種火を使って、囲炉裏に火を入れた。

暗い屋内が炎で明るくなった。きよときぬは罵り声をあげていたが、秀次が相手にしないので馬鹿らしくなったのか口を閉じてしまった。

林蔵が間もなく戻ってきた。

「どうだった？」

「へえ、親分宛ての飛脚は来てません」

「そうか」

秀次はホッと胸を撫《な》で下ろした。だが安心はできない。安兵衛は二日前に江戸を発《た》っているというから、明日には戻ってくるだろう。

つまり秀次たちに残された時間は一晩しかないということだ。

「辰五郎の頭、今夜の宴会はあやしまれないために出ることにしやしょう。そのあとで、ここを掘り起こして、明日の朝早く三島をズラかりやしょう」

「それがいいか……」

「それ以外方法はありやせんよ」

「いっそのこと親分を殺《や》っちまったらどうだ？」

いかにも〈人斬りの辰〉らしい考えだ。

「それができりゃ苦労しやせんよ。親分には大勢の子分がいる。それに用心棒の竹次郎はなかなか手強《てごわ》い男です」

辰五郎はこのときばかりは深く考えをめぐらしているようだ。腕を組んだり、無精《ぶしよう》髭《ひげ》を撫でたり、太腿《ふともも》を掻《か》いたりした。

「……おめえのいうとおりにするか」

辰五郎がそう答えたのはずいぶんたってからだった。

「秀次さん、それでこの女たちはどうしやす」

林蔵に聞かれた秀次はきよときぬを振り返った。

ただ殺すにはもったいない。沼津まで連れていって、知っている女衒《ぜげん》に売り飛ばそうかと考えていた。

「もうちょいと考えるか。どうせ逃げられやしねえんだ」

二

春斎は一軒の百姓家に運ばれていた。

どれぐらい気を失っていたかわからなかったが、気がつくと目の前に勢津と、年老いた夫婦の顔があった。

「やっと気がついたようね」

勢津が声を漏らした。

「ここはどこだ？」

春斎はまわりを見回した。

粗末な家だ。すぐそばに囲炉裏があり、火が焚《た》かれていた。

「この和助《わすけ》さんの家だよ。あたしが小さい頃からの知り合いさ。和助さんに力を借りて運んでもらったんだよ」

和助は日に焼けた皺《しわ》だらけの顔を、手拭いで拭《ぬぐ》い、

「よくあんなとこで生きてたもんだよ」

と、あきれたようにいう。

「まったくだ。よっぽど運の強い人なんだろうね」

和助の女房だった。

春斎はゆっくり身を起こした。脇腹《わきばら》と右肩に疼《うず》くような痛みがある以外、体は大丈夫のようだ。

「無理しなくていいんだよ」

勢津が止めたが、春斎はあぐらをかいた。着物は煤《すす》け、破れたり焦げたりしていた。

「気つけにお酒を」

和助の女房がどぶろくの入った湯呑み茶碗《ちゃわん》をくれた。

「かたじけない」

春斎はゆっくり飲んだ。本当に生き返った心持ちだった。

「それにしてもよくあんな水瓶のなかに……」

勢津が丹前を肩にかけてくれた。

「体の関節を外せば、造作《ぞうさ》はない。しかし、なぜお勢津さん、あんたが……」

「疑っていたんだろう。そうだろうと思ったさ。もっともあんたの居場所を銀蔵一家の子分に教えたのはあたしだけど、まさかこんなことになるとは……堪忍してくれないかい」

勢津は両手をついて謝ると、相手が相手だけに怖くて嘘がつけなかったと言葉を足

し、

「でも、なんだか妙に心配になってね。それで走っていったら、家が跡形もなく焼けていて真っ青になったけど……本当に堪忍しておくれ」

「気にするな。こうして生きているんだ。それよりなにか薬はないか」

春斎は体の傷を触って和助に聞いた。

すぐに女房が腰を上げて、茶棚から薬を出してきた。

「これぐらいしかないけど……傷だったらこっちがいいんじゃないかい」

女房は馬の油で作った練り薬を出した。

「それで充分だ」

春斎は上半身をはだけると、脇腹と右肩の傷に薬を塗り込んだ。様子を見ていた三人がぽかんと口を開けて見ている。

「どうした？」

「その体は？」

勢津が驚いたように聞く。春斎は自分の体を見た。鋼のように筋骨逞《たくま》しいが、無数の傷痕《きずあと》が体の至る所にある。

「修行の賜《たまもの》だ」

そう嘯《うそぶ》いて、飲みかけのどぶろくを一息にあおった。

「だが、なぜおまえさんは、銀蔵一家の敵だとわかっているおれを?」

　春斎は静かに勢津を凝視した。

「それは……正直にいっちまうけど、あたしらは銀蔵が嫌いなのさ。とっとと死んでもらいたいが、そういうわけにもいかない。あこぎなことをしているのに、誰もが目をつぶっている」

　勢津はそういって、銀蔵とその子分らに対する恨みつらみをまくし立てた。昨夜、三浦金吾という痩《や》せ浪人から聞いた話と大体同じような内容だった。

「あたしゃ、あんたが八州廻りだと聞いて、もしかしたらこの三島宿を救えるのはこの人しかいないんじゃないかと思ったんだよ」

　勢津が話を締めくくると、和助も言葉を添えた。

「わしらは代官様に年貢を納めなきゃならないうえに、あの銀蔵にも穫《と》れた野菜や米を持っていかれる。そんなに弱いものいじめしなくても、自分は充分楽ができるっていうのに。あいつはろくでもない人でなしだ」

　和助は悔しそうに自分の膝《ひざ》をつかんだ。

　女房もどれだけいじめられているかを切々と訴えた。

　百姓らに直接ちょっかいを出してくるのは、銀蔵の手下らしいが、器量のいい娘を江戸や上方に売り飛ばし、男たちにはただ働きを強い、忠誠を誓わせているという。

この土地をいやがって逃げる若者はあとを絶たず、今や百姓仕事も人手が足らなくなり、結果的に田や畑は痩せていくばかりだと嘆く。

春斎はそんな話にじっと耳を傾けながら、

「秀次とその賊は放っておけないが、元はといえば銀蔵の差し金。ここは三島を牛耳《ぎゅうじ》る銀蔵の首もとらなければならないな」

そうつぶやいて腹を決めた。

それに助っ人になってくれそうな男がいる。

土間の竈《かまど》に目を向けた春斎は、昨夜会った三浦金吾の顔を思い出していた。

——あの男は必ず銀蔵を斬るといった。

やつに力を貸してもらおう。

「話はよくわかった。ところで、おやじ殿。申し訳ないが、なにか着るものを譲ってくれぬか。この身形《なり》ではどうしようもない」

春斎はボロボロになった着物の裾をつまんで見せた。

「たいしたものはございませんが」

といって、和助が出してくれたのは、寸足らずの継《つ》ぎ接《は》ぎだった。

「小室さん、着物はあたしのほうで用意します。あとでうちの店に寄ってくださいまし」

親切に申し出た勢津の言葉つきが変わっていた。眼差しも最初会ったときとはずいぶん違う。

「かたじけない。甘えさせてもらうついでに深編笠《ふかあみがさ》もほしい」

「それもあたしのほうでご用意します」

「すまぬな。それで、もうやつらはおとなしくなっているだろうか？」

「小室さんを探すために、旅籠を虱潰《しらみつぶ》しにあたっていましたが、家を焼いて小室さんを殺したと思ってるでしょうから――」

「おれを探すために旅籠を虱潰しにだと？」

春斎はいやな胸騒ぎを覚えた。まさかきよときぬが――。

「これはじっとしておられなくなった」

春斎は刀を手にとって立ち上がった。

「お勢津さん、すぐにも町に戻らねばならぬ。わけは道々話す」

「あの、もうお体のほうは」

和助の女房が心配そうに聞いてきた。

「もう大丈夫だ。おれの体はヤワにはできていないんだ」

そういったが、腹の傷がちくりと痛んだ。

町に戻るために、春斎と勢津は急いだ。

春斎は袖も丈も短いなんとも不恰好な身形だったが、気にしている場合ではない。急ぎながらもきよときぬの身が案じられた。

春斎はその二人の姉妹と一緒だったことを勢津に話し、二人がどんな不幸を背負うハメになったかもざっと補足した。それからひとつ頼みを聞いてくれといった。

「なんでしょう？」

「三浦金吾という浪人がどこかの旅籠にいるはずだ。探すのを手伝ってくれぬか」

「それなら、うちの女たちを手分けして探させます」

「世話をかけるな」

「お安い御用です。それでこれからどうなさるおつもりです？」

「秀次と賊を引っ捕らえるが、その頭目である銀蔵の首根っこも押さえる」

勢津がさっと顔を振り向けた。

「やはりあなた様は、わたしどもの大きな味方になってくれるお方なんですね」

真顔で感激したようにいった。

春斎は黙々と歩いた。日が落ちつつある。茜雲《あかねぐも》の空が広がっており、雪を被った富士が朱に染まっていた。

町に入ると勢津が店の裏口から入ってくれといった。

春斎は勢津を先に〔鶴亀屋〕に帰し、しばらくしてから店の裏手に回った。裏木戸から庭に入ると廊下に姿を現した勢津が、こちらですと手招きした。

勢津は協力的だった。自分の部屋に春斎を入れると、着物と深編笠をすぐに調達してくれた。着物は目立ちにくい黒っぽい着流しだった。勢津は気を利かせたようだ。

新しい着物を着ると、気持ちが引き締まった。

「三浦様というご浪人さんは、すぐに見つかるでしょう。もう少しお待ちください」

「それなら、おれは〔不二乃屋〕に行ってくる」

「お気をつけて」

勢津が声をかけたとき、春斎はもう外に出ていた。深編笠で顔を隠しながら、往還を行き交う男たちに目を向ける。旅人や商人《あきんど》以外、誰もが銀蔵の手下に見えた。

火を点した行灯《あんどん》がぽつぽつと見えるようになった。

〔不二乃屋〕に駆け込むと、出会い頭に番頭とぶつかりそうになったので、ついでにきよときぬのことを訊《たず》ねた。

「ずいぶん前に出ていかれました」

「なんだと？」

春斎は眉《まゆ》を吊《つ》り上げた。

「へえ、じつは三人の男に連れていかれたんです」

番頭は腰を折って心苦しそうにいった。

「三人というのは、銀蔵の手下だな」

キッと目を鋭くさせると、気弱そうな番頭は気圧《けお》されたように首を縮めた。

「へえ、そうでございます」

「どこに連れていかれたかわからぬか？」

「それはちょっと……」

「くそ」

春斎は〔不二乃屋〕を飛び出すと、周囲を見まわした。おそらく銀蔵のあの家だろう。地団駄を踏む思いで、〔鶴亀屋〕に取って返した。

「三浦様というご浪人は〔あぶら家〕という居酒屋にいました」

顔を合わせるなり勢津が告げた。

「すまぬが、ここに呼んできてくれ」

「それならすぐに。お玉《たま》や」

勢津は帳場に声をかけて、お玉という女を〔あぶら家〕に走らせた。

「お連れの方はいらっしゃらなかったのですね」

「うむ」

春斎は苦々しげにうなずき、茶をずるっとひと飲みした。

「しかし、どうやって銀蔵を……」

「乗り込むしかない。連れの女たちはおそらくあの銀蔵の屋敷だろう」

「それじゃ銀蔵屋敷に乗り込みなさると」

「それ以外に方法はない」

春斎はまた茶を飲んで、鼻息を荒く吐いた。

なにか思案げな顔で火鉢の炭をいじっていた勢津が、つと顔をあげた。

「こうなったらあたしは三島女郎衆をかき集めます」

「三島女郎衆を……それでどうすると……」

今度は春斎が驚く番だった。

「銀蔵の手下は百人は下りません。なにか事が起きれば、子分どもが一斉に銀蔵御殿に駆けつけます。あたしらはそれを止めてみせます」

勢津は厳しい目をし、通せんぼするように手を広げた。

「……できるか？」

「やってみせますとも。いざとなれば女は強いのです」

春斎は実際猫の手も借りたいぐらいの心境だった。勢津の思いがけない申し出に戸惑いながらも、

「それじゃ頼もう。だが、無理はするな」

そういったとき、「どこだ」という声がした。三浦金吾がやってきたようだ。

三

銀蔵はご機嫌だった。

眠たそうな目をほころばせ、でっぷり肥えた腹を波打たせて、幇間《ほうかん》のひょっとこ踊りにふぉっほっほと笑い声をあげる。

今夜は女抜きだが、江戸で大働きをしてきた秀次らをねぎらうための宴会だった。

箱膳《はこぜん》には大きな鯛《たい》の塩焼きと魚の刺身、酢の物、山菜の精進揚げなどが並び、いつになく豪勢だ。

総勢二十人あまりが、大座敷で酒を飲み料理を味わい、男芸者の座興を楽しんでいた。

「辰五郎、遠慮せず飲め。いつものおまえらしくないぞ。おい、酌をしてやらねえか。気の利かねえやつらだ」

銀蔵が気遣いを見せれば、それと気づいた子分らが辰五郎に酌をしにゆく。

秀次はあまり食が進まない。

三年間も苦労してやりたくもない仕事をしてきたのに、その見返りがたったの百両だ。達磨《だるま》のような体をした銀蔵を見ているだけで、虫酸《むしず》が走り鬱憤《うっぷん》が溜まってゆく。

おれのこの三年間はいったいなんだったのだ。そんなことを思えば思うほど、腸《はらわた》が煮えくり返りそうになる。

「秀次、腑抜け面《ふぬけづら》してねえで、もっと飲まねえか。ここはおめえのうちと同じじゃねえか。なにも遠慮することたあねえんだ」

「へえ」

返事をして猪口の酒を舐《な》めるが、腹のなかではこのくそジジイがと毒づく。

銀蔵は才助がいないことを不審に思って聞いてきたが、秀次たちは白を切った。まさか殺しちまったとはいえない。それに、銀蔵は聞いただけでたいして気には留めなかった。

幇間が鼓《つづみ》を叩いて、また面白くもない踊りを舞いはじめた。どっと座が湧き、拍手が起こった。

「それにしても、その八州廻りが生きていたとはなあ。よほど悪運の強いやつだったんだろう。一度顔を拝んでおきたかったな」

「まったくです」

手下が銀蔵に追従し、媚《こ》びたような笑みを作る。

「でも、丸焼けにしてやりましたからね」

秀次は腹のなかで、けっと吐き捨て、刺身をつまんだ。それにしても辰五郎はいい気になって飲みつづけている。食欲も旺盛《おうせい》だ。

神経が図太いのか、単なる馬鹿なのか……。だが、まあそれは却《かえ》っていいかもしれないと秀次は考える。

酒が入るにつれ座は盛り上がっていった。埒《らち》のない話があちこちで交わされ、弾けるような笑い声が座敷を満たす。

銀蔵も時間がたてば秀次らへの気配りを忘れ、自分の自慢話をはじめた。えてしてそれは苦労話だが、半分が作り話だ。

今夜招きを受けた秀次は、銀蔵の接待の意図をなんとなく理解した。自分たちの機嫌を取ることもあるのだろうが、明日は江戸に使いにいっていた安兵衛が戻ってくる。自分たちが申告した金額が合っていれば、銀蔵はそれなりの分け前を払わなければならない。いかにその分け前を少なくするかに腐心しているのだ。

銀蔵は豪気を装っているが、こすっからい吝嗇《りんしょく》家《か》だ。腹は見えた。

辰五郎が厠《かわや》に立った。秀次は足取りを見たが、あれだけ飲んでいるのに酔ったふうではない。

――もっと酔っていいんだぜ、辰五郎。

秀次は声に出さず呼びかける。

「林蔵」

そうつぶやくと、鼻の頭を赤くした林蔵が振り向いた。

「おれたちゃ、これから一仕事しなきゃならねえ。あまり飲むな」

「まだ、酔ってませんぜ」

「ほどほどにしておけ。明日の朝は三島ともおさらばだ」

「本気なんですね」

「それ以外にねえだろうが。それともおめえは殺されてえのか」

「滅相もねえ」

「だったらおれのいうことを聞け。それからひとつ相談だ」

「なんです？」

秀次はまわりに聞こえないささやき声でつづけた。

「辰五郎の頭とつるんでると、あとあと面倒だ。誰かがついてねえと、すぐに人を斬りたがる。いつまでもそんなやつと付き合ってられるか」

林蔵の顔がわずかに硬直する。

「事を起こされたら、おれたちまでとばっちりを食う。そんなのはごめんだ。例の隠れ家に戻ったら殺《や》るぜ」

「殺《や》るって……頭をですか」

「しっ、声がでけえよ」

秀次は辰五郎が戻ってこないのを確かめて、能面顔でつづけた。

「あの金はおれとおまえで山分けだ。それで文句はねえだろう。千両もありゃ大概のことはできる。一生遊んで暮らせる金だ……」

辰五郎が戻ってきたので、秀次はいい聞かせるように林蔵の膝を叩いた。

林蔵は思い詰めたような顔で膳の上の皿を見ていた。

「さあ、頭。一杯やりましょう」

秀次は作り笑いをして辰五郎に酌をしてやった。

四

春斎は冷や酒をぐっとあおった。

それから目の前の料理に箸《はし》を伸ばす。寒鰤《かんぶり》と大根の煮つけ。〔鶴亀屋〕は三島一番というだけあって出された料理はどれもうまかった。

「これが今生《こんじょう》の別れの飯になるかもしれねえか……」

三浦金吾がつぶやく。科白《せりふ》のわりには切迫した口調ではなかった。

「こっちは二人だ。向こうにはおそらく二、三十人はいるだろう。あまり飲み過ぎるな」

春斎はそう諫《いさ》めておきながら、残りの酒をあおった。

「なんのこれしき。それにしてもお主と会えてよかった。こんな面白いことになるとはゆめゆめ思ってもいなかったぜ」

　ふふふと、三浦はこけた頰を緩めた。

　春斎はすでに秀次とつるんでいる賊を割り出していた。これも勢津の協力があったればこそだ。

　秀次とつるんでいる賊は、辰五郎と林蔵という男だった。もう一人才助というものがいたが、これは見あたらないらしい。

「それでは、そろそろまいるとするか。お勢津さん、うまかったよ。恩に着る」

　春斎は勢津に礼をいって立ち上がった。

「あたしらの準備も整っておりますので、途中までご一緒に」

「いいだろう」

　春斎は勢津の凜《りん》とした顔を見てうなずいた。

「それでは三浦殿」

　春斎に促されて三浦も立ち上がった。

　二人とも大勢を斬る腹づもりだから刀の寝刃《ねたば》を合わせていた。刀は砥石《といし》で刃をざらざらにすることで摩擦力が強くなり、格段に切れ味が増し、血糊《ちのり》で滑るのも防げる。

　春斎と三浦は〔鶴亀屋〕を出た。店は勢津の配慮によって臨時休業しており、暖簾《のれん》も揚げられていなければ、行灯にも火は入っていない。

三人は銀蔵御殿めざして往来を歩き、広小路を抜けた。

山の端に凍りついたような冬の月が浮かび、白い雲が流れている。空は澄んでおり、無数の星がきらびやかな光を放っていた。

風は弱いがさすがに冷たい。それでも酒で火照《ほて》った体にはちょうどよかった。

やがて一本道になり切り通しを抜けた。

突如目の前に無数の明かりが掲げられた。

勢津が集めた三島女郎衆だ。

手に持った提灯《ちょうちん》であたりが明るくなり、白粉《おしろい》を塗った女たちの白い顔と襟足が夜目に浮き立つ。女たちは浅葱《あさぎ》や朱、それに藍《あい》の着物姿だ。その数、百五十人は下らない。

こうも人数が揃《そろ》うと艶《あで》やかでありながら異様な迫力があった。

「こんなに集まったのか」

春斎は正直驚いていた。三浦もほうとため息をついたほどだ。

「その気になりゃ、宿場の女全員集められますが、それじゃ銀蔵一家にあやしまれちまいますからね」

勢津が女たちを眺めながらいった。

「お勢津さん、それでは頼む。これより一人も銀蔵御殿に近づけないでくれ。逆にあの屋敷から逃げ出すやつもいるはずだ。そんな野郎は放っておいていい。ただし、秀次と辰五郎、林蔵の三人はとおさねえでくれ。だが、それも無理は禁物だ」

「承知です」

それではと、春斎と三浦が歩を進めると、百数十人の女たちが二つに割れ、真ん中に道が作られた。

やがて、銀蔵御殿が闇のなかに浮かび上がった。門前に篝火《かがりび》が見える。

春斎の総髪のほつれが風になびいた。

「ぬかりないな」

「あるものか」

と、三浦が応じる。

二人は刀の下げ緒で襷《たすき》がけをし、動きやすいように尻を端折《はしょ》った。

黙々と二人は突き進む。

足踏みをしながら門前の篝火にあたっている二人の男がいた。警固の下っ端だ。腰に長脇差《ながどす》をたばさんでいる。

春斎と三浦に気づくと、不審そうに顔をしかめた。仲間と思ったようだが、近づいていくと二人の異様な殺気に気色《けしき》ばんだ。

「どこに行きやがるんだ」

一人が声をかけてきた。

「この先に家があるか？」

三浦がふざけた口調で応じると、門番の二人は長脇差を抜いた。

「なんの用だ？」

「銀蔵の首をもらいに来たのよ」

「なんだと！」

一人が斬りかかろうとした。瞬間、三浦の刀が闇夜にひるがえっていた。

どすっと、鈍い音がして男が倒れた。後頭部を峰打ちにしたのだった。

春斎は門前に立ちはだかったもう一人に、間髪を容《い》れず刀の柄頭《つかがしら》を喉《のど》にぶち込んでやると、

「ぐへっ」

相手はそのまま倒れた。

春斎と三浦は屋敷内に足を運んだ。玄関前の篝火のそばにいた男が振り向いた。こちらも二人だ。春斎と三浦はずんずん進む。

「おい、どこのもんだ？」

「銀蔵はどこだ？」

相手には取りあわず三浦がいう。

「なにぃ？」

「秀次って野郎はいるか？」

春斎が聞く。

「ふざけた野郎だ。帰《けえ》れッ！」

「そうはいかぬ、そこをどけ」

春斎は下っ端の肩を押した。

「なにしやがる！」

相手はいきなり刀を抜こうとしたが、春斎はその腕をつかんでいた。相手は刀の柄に手をかけたまま身動きできない。

「怪我をしたくなかったらおとなしくしていることだ」

拳《こぶし》を鳩尾《みぞおち》に叩き込んだ。男は体を二つに折って大地に伸びた。

その間にもう一人を三浦が叩きのめしていた。

屋内から賑やかな声と鼓の音が聞こえていた。

ガラッと玄関の戸を開けて、ずかずかと土間の奥に進んだ。

大きな柱に常夜灯が点してあり、土間の四隅に置かれた燭台《しょくだい》の火が風に揺らめいた。

数人の男が見馴《みな》れない二人に気づき、声を荒らげた。

「なんだおめえらは？」

座敷で大きな笑いが起こっていた。

「銀蔵の首をもらいに来た」

三浦が告げた。

「なんだと？」

春斎は相手には構わず土足のまま上がり框《かまち》に飛び、そのまま襖《ふすま》をガラッと開けた。宴会の席が目の前に広がった。

「殴り込みだ！」

土間にいた男が喚《わめ》いた。

座敷で宴会中のものたちの動きが一瞬止まり、躍り込んだ春斎と三浦を見た。

幇間は右足と両手をあげたまま石のようになっている。

「……金吾」

と、銀蔵の声。眠たげな目が見開かれていた。

「八州じゃねえか……なぜ……」

秀次だった。手に持っていた猪口をぽろりとこぼした。同じく団栗眼《どんぐりまなこ》になっていた。

「銀蔵、親兄弟の恨み晴らしに来たぜ」

三浦がぎんと目を光らせた。

「関東取締出役・小室春斎。箱根を越えての大捕物だ。神妙に致せ！」

春斎は下腹に力を入れて、凛然《りんぜん》と声を張った。

「野郎ども、斬れ！　生きて帰すんじゃねえ！」

喚いた銀蔵は手に持っていた猪口を思い切り投げた。

春斎がそれを刀の柄で受けた。ぱりんと音がして猪口が弾けるなり、座敷の男たちが一斉に立ち上がった。

箱膳が蹴散らされ、派手に割れる皿や茶碗の音がした。

春斎と三浦は刀を抜き払っていた。

かかってくる相手を三浦が袈裟懸《けさが》けに斬り倒すと、刀を返し、背後から忍び寄っていた男の腹を刺し貫いた。

「げげえッー」

男は障子をつかみずるずると倒れ込んだ。鮮血が真っ白な障子を朱に染める。

春斎はつぎつぎと襲いかかってくる男たちの足を切断し、腕を切り落とした。畳の上でのたうち回るものがいれば、土間に転がり落ちるものもいる。

「でやあー」

かけ声をあげて長槍《ながやり》を突き出してきた男がいた。春斎は柄を叩き斬るなり、半分になった槍をつかみ、手の内でくるっと返すと、槍の先端を男の顔面に突き刺した。

「ぐぅおっほ」

槍を顔面で受けた男は両手を泳がせながらそのまま前のめりに倒れた。勢いがあったので、槍は脳を貫き、後頭部から飛び出し、鮮血が激しく迸《ほとばし》った。

その間にも春斎は横から飛び込んできた男を払い腰で投げ飛ばすなり、心の臓に拾った刀をぶち込んだ。相手は眼球を飛び出させ、四肢を痙攣《けいれん》させて息絶えた。

春斎は弧を描くように動き、虫のように集まってくる男らを斬り倒しながら、秀次らに迫ろうとするが、銀蔵の子分らが立ち塞《ふさ》がって行く手を阻む。

三浦は隣の座敷で暴れまくっていた。

断末魔の悲鳴とうめき、そして血の匂いが屋内に充満していた。囲炉裏のなかに倒れた男がいた。灰神楽《はいかぐら》が盛大に舞った。

左手から打ちかかってきたものがいた。春斎は後ろに身を引きかわそうとしたが、畳に広がっていた血で足を滑らせて仰向けに倒れた。

その機会を逃さず相手が襲いかかってきた。

春斎の刀が上に振りあげられた。

「ぐぐっ」

声をこぼした相手の股間《こかん》に、春斎の刀が食い込んでいる。睾丸《こうがん》を叩きつぶし、尾骶骨《びていこつ》を砕いていた。

「ぎゃあぁ！」

男は絶叫をあげてのたうち回った。

「秀次、出てこい！」

軽業師《かるわざし》のように跳ね起きた春斎は奥の部屋に呼びかけた。

秀次は辰五郎と林蔵と一塊りになっている。

秀次は、勇み立ち頭に血を昇らせ、人斬りの血を騒がせている辰五郎の気持ちを抑えるのに必死になっていた。

「構ってる場合じゃねえでしょ。この騒ぎに乗じて逃げるんです」

「そんなことができるか。放せ！」

辰五郎は秀次の手を振りほどこうとするが、秀次は腰にしがみつき放そうとしない。

「斬り合いより金が先でしょ。ここでモタモタしている場合じゃねえんです」

秀次は引き留めてはいるが、辰五郎がここで殺されてもいいと頭の半分で思っている。しかし、もしそうならなかった場合のことを考えると、一緒に隠れ家に走ったほうが無難である。

「頭、落ち着かなきゃ。落ち着いて気を鎮めるんです。こんな馬鹿騒ぎに付き合ってられねえでしょ。こっちは大勢なんです。あいつらが生きてられるわけがねえ。さあ、早く。林蔵、おめえもなんとかいえ」

秀次は必死だった。

ただ逃げればいいのに、辰五郎はなかなかいうことを聞かない。

屋内はもはや血の海だった。障子や襖が破れて倒れ、切り落とされた腕や足が転がり、畳には腸《はらわた》や脳漿《のうしょう》が飛び散っていた。

「銀蔵、観念しやがれ！」

一人の脳天をかち割った三浦が肩を喘《あえ》がせて銀蔵に迫っていた。その前に竹次郎という用心棒が立ちはだかっている。

春斎は三浦をちらりと見やり、果敢に挑んでくる男の首に刀をずばっと叩き込んだ。刀は首の半分まで食い込んだだけだ。鋸《のこぎり》のように引き抜いた。

大量の血を噴出させて男は倒れた。

ばーん！

耳朶《じだ》を叩く乾いた音がした。春斎はそちらを見た。銀蔵の手に短筒が握られており、銃口から硝煙が流れていた。

そして、三浦の体がぐらっと傾いた。

右肩に銃弾を受けたらしく、左手で押さえている。

春斎は小柄を投げた。一直線に飛んでいった小柄が銀蔵の右腕に突き刺さった。短筒が手からこぼれた。

そのとき、銀蔵を庇《かば》うように立っていた用心棒の竹次郎の刀が閃《ひらめ》いた。

「三浦！」

春斎ははっとなって叫んだが、遅かった。

竹次郎の鋭い一太刀が、三浦を逆袈裟に斬っていた。三浦の体が反転してゆっくり倒れた。

「おのれ！」

春斎はギッと奥歯を嚙むと、竹次郎に挑みかかった。

後ろに飛び下がられてかわされた。しかし、春斎は第二の斬撃を送り込む。

ガチッと刀を返された。

こやつ、相当の腕だ――。

春斎の双眸《そうぼう》がぎらりと光った。眉をぐいと引き上げ、呼吸を整えた。その空間だけしーんと鎮まっているようだった。

竹次郎の刀が蝶《ちょう》のように鮮やかに舞い、春斎の右面を叩きにきた。

――見切った。

腰を沈め、足を払ったが、飛び上がって避けられた。さらに、上段から打ち下ろしてきた。天井が高いので可能なのだ。

春斎はかわす暇がなかったので、刀で受けた。

ガチッと刃と刃がぶつかり、火花が散った。直後、春斎は体を入れ替えた。それは一連の流れのなかで行う動作で、竹次郎には読めなかったようだ。

体勢を整えようとした竹次郎に、春斎は鋭い一撃を見舞った。横殴りの斬撃は相手の顎を割り、口蓋《こうがい》を砕き、鼻を削《そ》いでいた。

「ぐわっ……」

春斎は倒した竹次郎には構わず三浦を抱き起こした。すでに息がなかった。

無念と、口を引き結んだとき、まわりを囲まれていた。だが、気迫ははるかに春斎のほうが上だ。さっと刀を横に払うと、囲んでいた輪が広がった。

男たちは完全に春斎に呑まれている。ずずっと足をすって前に進む。目は周囲を警戒しながらも、銀蔵をにらんでいた。

「斬れ、なにをしてやがる。斬らねえか！」

銀蔵が喚いた。

だが、子分らは春斎の殺気に気圧《けお》され、手を出すことができない。

大きく足を踏み込むと、前に立ちはだかっていた男たちが両側に開き、道ができた。その奥に小太りの銀蔵。刀を青眼に構えたが、顔から血の気が引いている。

「こいっ」

春斎は誘うようにいってやった。

銀蔵が打ち込んできた。春斎にはその動きがひどくのろく見えた。

銀蔵の刀の切っ先が自分の横に流れた。銀蔵の体がそれにつづく。春斎は右足をわずかに後ろに下げ、同時に愛刀を振りかぶって、裂帛《れっぱく》の気合いのもと首筋に打ち込んだ。確かな手応え。

ゴロッと、銀蔵の首が先に落ち、そして胴体がどさりと倒れた。

春斎は生き残りの男たちに正対した。

「ヒッヒッ、こいつは化けもんだ」

悲鳴をあげて一人が逃げると、また一人、そしてまた一人と逃げていった。

春斎は燭台を倒した。障子に火が燃え移り炎を上げた。

周囲には息絶えた男たちの屍《しかばね》が転がっていた。もう一度、三浦金吾の息を確かめたが、もはや手遅れだった。

きよときぬを探したが、どこにもいなかった。秀次らの姿もない。

やつらが連れていったのか？　春斎は家のなかに視線を這わせて考えた。

座敷に戻ると、銀蔵の首を、足元に落ちていた絹の羽織でくるんで外に出た。

秀次らにはまんまと逃げられたようだが、慌てることはなかった。勢津たちが食い止めてくれているはずだ。

屋敷の外に出ると、ゴオッと炎が噴き上がった。銀蔵御殿が燃えはじめた。

小脇に銀蔵の首を抱えた春斎は来た道を後戻りした。返り血を浴び、さながら夜叉《やしゃ》のような顔をしていた。

三島女郎衆の提灯の明かりが見えた。秀次らしき影はない。春斎は足を早めた。

「秀次たちはどうした？」

勢津の顔を見るなり聞いた。

「刀を振り回されて……」

「……そうか」

「でも、大丈夫ですよ。あとをつけさせましたから」

春斎は気を取り直して、勢津の顔を見た。よく気のつく女だ。感心した。

「それでどこに？」

「広小路まで戻ればわかると思います。それは……」

と、勢津の目が春斎の抱えているものに向けられた。

「銀蔵の首だ」

女たちが息を呑んで互いの顔を見合わせた。

一人の女が、

「銀蔵が死んだよ。みんな銀蔵が殺されたよ！」

と、大きな声でまわりに告げると、女たちから歓声があがった。

銀蔵が死んだ。銀蔵が死んだ。銀蔵が死んだ……。

女たちは何度も同じことを繰り返した。

春斎と勢津は広小路に足を向けた。

「銀蔵御殿が燃えているよ」

一人の女が夜空を赤く染めはじめた銀蔵の屋敷を見ていた。

春斎もちらと振り返ってそれを確かめた。赤い炎と黒煙が空に伸びていた。

五

「あいつらは、秋葉神社裏の小屋にいます」

広小路に辿り着くと、秀次らをつけていた二人の女が走り寄ってきた。

「近くか？」

「五町（約五百四十五メートル）ほど行ったところに神社があります。その裏の林の先にある百姓小屋です」

「わかった。あとは一人で充分だ。お勢津さん、これをしばらく預かってくれぬか」

春斎は銀蔵の首を勢津に渡した。

「小室さん、お一人で……」

「心配いらん。帰って待っておれ」

春斎はくるっと背を向けると、そのまま闇のなかに身を溶かし込んでいった。

神社を見つけると、裏の林に足を運んだ。

鬱蒼《うっそう》とした林のなかを風が吹き抜けてゆく。竹笹が乾いた音を立てた。

百姓小屋は林を縫う小径《こみち》の先にあった。細い明かりが板戸の隙間から漏れている。

足音を忍ばせて近づいた。

そのとき夜のしじまを破るような胴間声が響いた。

「なんだとお！」

春斎は突然の声に、足を止めた。

「野郎、謀《はか》りやがったな！」

「待て、それは言葉のあやだ」

そういって転がるように外に出てきたのは秀次だった。つづいて肩を怒らせた〈人斬り辰〉の姿が現れた。月光に曝《さら》されたその形相は鬼のようになっていた。さらにもう一人、これは林蔵だ。

「頭、嘘じゃありません。こいつは頭を殺して金を折半しようと持ちかけてきたんです。前からいけ好かねえ野郎だと思っていたが、こいつはやはり煮ても焼いても食えねえやつなんですよ」

林蔵が尻餅をついている秀次を罵《ののし》った。

「ち、違う。ご、誤解だ。待ってくれ」

秀次は地をすって後じさる。

辰五郎の刀が抜かれ、月光を弾いた。

春斎は小柄をつかんだ。辰五郎の刀が振りあげられたそのとき、春斎は手にあった小柄を投げた。

「うっ」

左肩に刺さった小柄を見た辰五郎の目が周囲に配られた。

「誰だ？」

辰五郎が呼ばわったとき、春斎は林のなかを駆け抜けていた。

「お、おめえは」

辰五郎が細い目を剥いたとき、春斎の刀が唸っていた。辰五郎は太刀筋を読んだらしく身を引いてかわし、そのまま上段から打ち下ろしてきた。春斎はゴウッと風を切って唸《うな》る刀を、半身を捻《ひね》ってかわす。

下がった剣先をゆっくり脇に構え、辰五郎と対峙《たいじ》した。

「林蔵、秀次を逃がすんじゃねえぞ」

辰五郎が余裕で指図する。

「がってんです」

春斎は辰五郎の隙を窺《うかが》った。

見切れない。間を取って呼吸を整える。相手から目を離さず、息遣いを読む。息を吸ったそのとき、隙ができる。

人間の集中力は、息を抜いたときに途切れる。それはわずか一瞬のことかもしれないが、その一瞬を見極める。春斎は足をすって間を詰めた。

尻餅をついている秀次は、林蔵に刀を突きつけられ身動きできないでいる。

林のなかを一陣の風が抜けていった。

春斎の鬢《びん》のほつれ毛が風にそよいだ。

辰五郎はじりっと足場を固め、青眼に構えた刀をゆっくり下ろしていった。

それからえらを膨らませ、息を吸った。

春斎はその瞬間を見逃さなかった。

強く地を蹴り、右に飛び込みざま刀を横に払った。

辰五郎の左肩を斬った。

転瞬、間髪を容れずに下から逆袈裟に斬り上げた。

「げげっ、ま、まさ……」

辰五郎の細い目が大きく剝かれた。

胸元がはらりと開き、ぱっくり斬られた胸が覗いた。

春斎はつぎの斬撃を送り込む準備を整えたまま、時が止まったように動かない。

はふはふと、口をぱくつかせて辰五郎は倒れた。

目と口を丸くしていた林蔵が、トチ狂ったように突っ込んできた。春斎は落ち着いて、一刀のもとに斬り捨て、秀次に正対した。

「な、なぜだ。ははあ、そうかあの金を山分けしようって魂胆だな。よし、いいだろ。話に乗ってやるぜ。そうこなくっちゃ」

「黙れ」

春斎は秀次の顎に刀の切っ先をあてて持ち上げた。

「立つんだ」

「ひっ、斬るな。金のことなら話に乗る」

「立てといってるんだ」

「わ、わかった。斬るな。斬るんじゃねえよ」

秀次は顔を青ざめさせ、ゆっくり立ち上がった。

「小屋のなかに戻るんだ」

秀次はいわれたとおりにした。

燭台の火で屋内は明るくなっていた。板の間にきよときぬが寒さに震えて転がっていた。

「無事でいたか」

いうなり、春斎は刀を閃かせた。きよの縛めがはらりと外れた。

「おきよさん、おきぬさんの縄をほどくんだ」

きよはすぐにきぬの縄をほどきにかかった。

「そこに座れ」

春斎は秀次を冷たい土間に座らせた。

刀を突きつけられている秀次は、どうすることもできない。

「やい、このカス野郎！」

縄をほどかれ体が自由になったきぬが怒声をあげた。

「小室さん、仇を、仇を討たせてください」

きよが懇願した。

「まあ待て。こいつは盗んだ金を持っているようだ。どこにあるか教えてもらおう」

刀の切っ先で秀次の顎をあげると、

「そこですよ。秀次が座っている地面の下に二千両が埋まっているんです」

と、きよが教えた。

「なるほど。そういうことだったか……」

春斎は鼻毛を抜いて、指先で弾いた。

「おきよさん、おきぬさん、火を焚くんだ。あんたらは体が冷えているはずだ」

「でも秀次は？」

「これから穴掘りをさせる」

へっと、秀次が目を丸くした。

「いいから掘るんだ。さあ、とっととやれ」

春斎は立てかけてあった鍬《くわ》を放り投げた。

渋々といった体《てい》で秀次が穴を掘りはじめた。

きよときぬが火を起こして、冷えた体を暖めている間、秀次はせっせと穴掘りに専念していた。見守る春斎は作業を休ませなかった。

二尺（三・六メートル）ばかり掘ると、金の入った柳行李《やなぎごうり》と薬箱が現れた。

「上げるんだ」

汗みずくになり息を切らしている秀次は、ヒイヒイいいながら二千両を引き上げた。

ぽっかりそこに穴があいている。

「おまえの墓はそこだ」

眉ひとつ動かさずいってやると、秀次の顔から血の気が引いた。

「た、頼む。もう金はいらね――」

「観念しやがれ腐れ外道！」

春斎の大喝に秀次は縮みあがった。

「おきよさん、おきぬさん。思いを存分に果たすがよい。おれが立会人だ」

そういうなり春斎は二本の短刀を姉妹に放った。

そして、春斎が刀を引いたとき、きぬの体が躍って秀次にぶつかった。秀次の脇腹に短刀が突き刺さっていた。

「おっかさん、おとっつぁんの……」

きぬが声をこぼしたとき、今度はきよが秀次の背中を突いた。

「……よくも人の、人の……」

きよは声を震わせて涙を流していた。

「これは朝さんの恨み」

きぬがもう一度短刀をねじ込んだ。

「うげっ……」

秀次の顔が醜くゆがんだ。ずるずると体が崩れ、穴のなかに半身を投げ出す恰好で倒れた。

「あたしは、あたしは……よくも裏切りやがって……」

きよはそういうなり、唇を震わせながら泣いた。

愛するものに裏切られた女の気持ちは複雑だろうが、春斎にはなんとなくわかった。

殺したからといってすべての未練はすぐに立ち消えることはないだろう。傷ついた心が癒され、すっかり未練を払うには、今しばらくの時の流れが必要だろう。

「……姉さん」

「おきぬ」

二人は抱き合って、さめざめと泣いた。

六

翌朝、銀蔵の生首は新町橋《しんまちばし》の南側の丘にさらされた。

本来であれば小浜山《こはまやま》（現・三島駅構内）の刑場で処刑されてさらされるのだが、今回はその手間をかける必要は当然なかった。

春斎、そしてきよときぬは、勢津と三島女郎衆の見送りを受けていた。そばに大八車を引いた馬子が一人立っている。

大八車の荷は、いうまでもなく秀次ら賊が盗んだ金七千余両である。

「これで三島も平和を取り戻せます。どうぞお気をつけてお帰りくださいまし」

勢津は深々と頭を下げた。

「そのほうも達者でな」

春斎がいうと、きよときぬも、

「いろいろとお世話になりました」

と、頭を下げた。

「それではまいろうか」

春斎は見送るものたちにくるっと背を向け、馬子に出立の合図を送った。

駄馬が動き出すと、春斎らもあとにつづいた。

しかし、ふと春斎は足を止め、勢津の元に走り戻った。

「なんでございましょう？」

勢津が首をかしげた。

「銀蔵の屋敷の蔵にはまだ金が残っている。おれたちは盗まれた金しか持ち出していない。残りは銀蔵がこれまでかけた迷惑料だと思えばいい」

「……どうしろと？」

「それはお勢津さんの裁量にまかせるさ。和助じいさんのように、困っているものも少なくないはずだ。それに正月も近い」

勢津は感激したのか、ふわっと涙を浮かべそうになった。

「わかったな」

「はい。やはり小室さんは……」

そこで声を詰まらせた。

「頼んだぞ」

春斎は背を向けたが、すぐに呼び止められた。いかがしたと振り返ると、

「いえ、なんでもございません。ただあたしは、小室さんのことが……」

そういったきり、勢津は首を振って一生懸命笑顔を作ってみせた。

「それでは、さらばだ」

今度こそ春斎は背を向けたが、心は後ろ髪を引かれていた。それでも二度と振り返ることはなかった。

一行は昼過ぎに箱根宿に着いた。

薩摩の大名行列の出立が明日に決定したということで、箱根の宿《しゅく》には慌ただしい動きがあった。

春斎はきよときぬを茶屋に待たせて、本陣を訪ねた。

取次ぎのものに用件を伝えると、島津斉宣との接見を許され、奥の屋敷に呼び入れられた。

斉宣は三十代半ばの壮年であるが、すでに一国の大名としての風格を備えていた。

「このような身形《なり》で厚かましくも失礼つかまつります」

春斎は殊の外慇懃《いんぎん》に挨拶をして、先に江戸御蔵前において琉球使節の二名を斬殺した下手人を討ち仕留めたことを報告した。

斉宣は脇息《きょうそく》にもたれ、静かに耳を傾けていたが、

「それは大儀であった。わが藩の汚名もこれですすがれるであろう。しかしそのほうは、御蔵前の札差一家を殺《あや》めた賊の探索もあったはずではないか」

「はは、左様でございますが、その賊の首魁も見事討ち果たし候にて、無事役目を果たし終えてまいりました」

「ほほ、まことに天晴《あっぱ》れな探索であった。苦しみ死んだものに成り代わり深く礼を申す。そなたはわが藩の顔を見事立ててくれた恩人にほかならぬ。このことしかと聞き届けた」

斉宣は江戸藩邸にも報告し、将軍家斉にもその旨を申し伝えると約束し、いたく感激した。

春斎は自分の仕儀に嘘偽りがないことを証明するために、三島の名主からご説明申し上げますとも言上した。三島宿の名主へは昨夜、とくと話をとおしてあり、その準備は整っていた。

「これからの長旅のご無事をお祈りつかまつり、失礼させていただきます」

「いや、そのほうの気遣いまことに嬉しい限りだ。ご苦労であった」

ははあと、畳に額をこすりつけて、春斎は退出した。

堅苦しい報告には肩の凝りを覚えたが、これでホッと胸を撫で下ろすことができた。

茶屋に戻ると、すぐに出立することにした。

箱根から江戸に向かうにはこれから先下りがつづく。登ってきたときほどの苦労はしなくていい。それに雪もなく天気がよい。

きよときぬは疲れれば大八車に乗り、周囲の景色を眺めやっていた。

「小室の旦那！」

前方の坂下で手を振っているものがいた。

小田原から迎えにきた番太の勘助だ。畑宿の手前だった。

「早かったな」

「知らせと同時に登ってきました。おきよさんもおきぬさんも無事でなによりでした」

勘助が姉妹を見やると、二人も笑みをたたえて、迎えの礼をいった。

「勘助さん、お顔が元に戻りましたね」

きよがそばを歩く勘助にいった。そういえば顔の腫《は》れが治っている。春斎も勘助を見た。

「よくよく見ると、勘助さんはなかなかの男前なんですね」

きぬがいうと、勘助はそんな世辞に慣れていないのか、たちまち顔を赤らめて照れ、すすっと先に走って行き、一方を示した。

「海が見えます」

教えられて春斎もその方角を見た。
両側から切れ込んだ谷間のずっと先に、冬の日を浴びてきらめく青い海があった。

※この作品は2004年5月廣済堂文庫から刊行
された作品に加筆訂正を加えたものです。
（原題『八州廻り浪人奉行　血煙　箱根越え』）

双葉文庫

い-40-10

八州廻《はっしゅうまわ》り浪人奉行《ろうにんぶぎょう》

斬光《ざんこう》の剣《けん》

2010年8月14日　第1刷発行

【著者】
稲葉稔《いなばみのる》

【発行者】
赤坂了生
【発行所】
株式会社双葉社
〒162-8540 東京都新宿区東五軒町3番28号
［電話］03-5261-4818(営業)　03-5261-4833(編集)
http://www.futabasha.co.jp/
(双葉社の書籍・コミックが買えます)
【印刷所】
株式会社亨有堂印刷所
【製本所】
株式会社若林製本工場

【表紙・扉絵】南伸坊
【フォーマット・デザイン】日下潤一
【フォーマットデジタル印字】飯塚隆士

ISBN978-4-575-66459-1 C0193
Printed in Japan